春醪集

梁遇春著

目錄

序……一
講演……一
寄給一個失戀人的信(一)……一三
醉中夢話(一)……二七

「還我頭來」及其他……………………………………四三
人死觀……………………………………………………五九
查理斯・蘭姆評傳………………………………………七五
文學與人生………………………………………………一一五
寄給一個失戀人的信（二）……………………………一四一
文藝雜話…………………………………………………一五一
醉中夢話（二）…………………………………………一五九
談流浪漢…………………………………………………一八七
「春朝一刻値千金」……………………………………二二五
「失掉了悲哀」的悲哀…………………………………二三九

序

那是三年前的一個夏天，我正在北大一院圖書館裏，很無聊地翻閱洛陽伽藍記，偶然看到底下這一段：

劉白墮善釀酒，飲之香美，經月不醒。青州刺史毛鴻賓齎酒之藩，路逢刼賊，飲之卽醉，皆被擒獲。游俠語曰：『不畏張弓拔刀，但畏白墮春醪。』

我讀了這幾句話，想出許多感慨來。我覺得我們年青人都是偷飲了春醪，所以醉中做出許多好夢，但是正當我們夢得有趣時候，命運之神同刺史的部下一樣匆匆地把我們帶上衰老同墳墓之途。這的確是很可惋惜的一件事情。但是我又想世界既然是如是安排好了，我們還是陶醉在人生裏，幻出些紅霞般的好夢罷，何苦睜着眼睛，垂頭歎氣地過日子呢？所以在這急景流年的人生裏，我願意高擧盛到杯緣的春醪暢飮。

慚愧得很。我沒有「醉裏挑燈看劍」的豪情，醉中只是說幾句夢話。這本集子就是我這四年來醉夢的生涯所留下惟一的影子。我知道這十幾篇東西是還沒有成熟的作品，不過有些同醉的人們看着或者會爲之莞爾，我最大的希望也只是如此。

再過幾十年，當酒醒簾幕低垂，揩着惺忪睡眼時節，我的心境又會變成怎麼樣子，我想只有上帝知道罷。我現在是不想知道的。我面前還有大半杯未喝進去的春醪。

十八年五月二十三日午夜于眞茹。

講演

『你是來找我同去聽講演嗎？』

『不錯，去不去？』

『吓！我不是個「智識慾」極旺的青年，這麼大風——就是無風，我也不願意去的。我想你也不一定是非聽不可，儘可在我這兒談一會。我雖然不是什麼名人，然而我的嘴却是還在。剛纔我正在想着講演的意義，你來了，我無妨把我所胡思亂想的講給你聽。講得自然不對，不過我們在這裏買點東西吃，喝喝茶，比去在那人叢裏鑽個空位總好點吧。』

來客看見主人今天這麼帶勁地談着，同往常那副冷淡待人的態度大不相同，心中就想在這裏解悶也不錯，不覺就把皮帽圍巾都解去了。那房主人正忙着叫聽差買栗子花生，泡茶。打發清楚後，他又繼續着說：

「近來我很愛胡思亂想，但是越想越不明白一切事情的道理。眞合着那位坐在望平街高塔中，做平等閣筆記的主筆所謂世界中不只「無奇不有」，實在是「無有不奇」。Carlyle這老頭子在Sartor Resartus中「自然的超自然主義」（Natural Supernaturalism）一章裏頭，講自然律本身就是一個不可解的神祕，所以這老頭子就覺得對於宇宙中一切物事都糊塗了。我現在也有點覺得什麼事情我都不知道。比如你是知道我怕上課的，自然不會愛聽講演。然而你經過好幾次失敗之後，一點也不失望，還是常來找我去聽講演，這就是一個Haeckel的宇宙之謎所沒有載的一個不可思議的事。哦！現在又要上課了，我想起來眞有點害怕。吓！眞是一年不如一年了，從前我們最高學府是沒有點名的，我們很可以自由地在家裏躺在牀上，或者坐在爐邊念書。自從那位數學教授來當註册部主任以後，我們就非天天上班不行。一個文學士是坐硬板凳坐了三千多個鐘頭換來的。就是打瞌睡，坐着睡那麼久，也不是件容易事了。怕三千多個鐘頭坐得不夠，還要跑去三院大禮堂，師大風雨操場去坐，這眞是天下第一奇事了。所以講演有人去聽這事，我抓着頭髮想了好久，總不明白。若說到「民國講演史」那是更有趣了。自從杜威先生來華以後，講演這件事同新思潮同時流行起來。杜先生曾到敝處過，那時我還在中學讀書，也曾親耳聽過，親眼看過。印象現在已糢糊了，大概只記得他說一大陣什麼自治，磚頭，打球，……後來我們校長以「君子不重則不威」一句話來發揮杜先生的意思。那時譒譯是我們那裏一個教會學堂叫做格致小學的英文先生，我們那時一面聽講，一面看那潔白的桌布，校長的新馬褂，教育廳長的臉孔，杜先生的衣服……我不知道當時杜先生知道不知道How we think。跟着羅素來了，恍惚有人說他講的數理哲學不大好懂。羅素去了，杜里舒又來。中國近來，文化進步得眞快，講演得眞熱鬧，杜里舒博士在中國講演，有十册演講錄。中間有在法政專門學校講的細胞構造，在體育師範講的歷史哲學，在某女子中學講的新心理學……總而言之普照十方，凡我青年，無不蒙庇。所以中國人民近來常識纔有這麼發達。太戈爾來京時，我也到眞光去聽。他的聲音是狠美妙。可惜我們（至少我個人）都只了解他的音樂，而對於他的意義倒有點糢糊了。

「自杜先生來華後，我們國內名人的講演也不少。我有一個同學他差不多是沒有一囘沒去聽的，所以我送他一個「聽講博士」的綽號，他的「智識慾」眞同火焰山一樣地熱烈。他當沒有講演聽的時候只好打呵欠，他這樣下去，還怕不博學得同哥德，斯忒林堡一樣。據他說近來很多團體因爲學校太遲開課發起好幾個講演會，他自然都去聽了。他聽有「中國工會問題」，「一個新實在論的人生觀」，「中外戲劇的比較」，「中國憲法問題」，「二十世紀初葉的教育」……我問他他們講的什麽，他說我聽得太多也記不淸了，我家裏有一本簿子上面貼有一切在副刊記的講演辭，你一看就明白了。他怕人家記得不對，每囘要親身去聽，又恐怕自己聽不清楚，又把人家記的收集來，這種精益求精的精神，是值得我們模倣的，不過我很替他們担心。講演者費了半月工夫，遲睡早起，茶飯無心，預備好一篇演稿來講。我們坐洋車趕去聽，只恐太遲了，老是催車夫走快，車夫固然是汗流浹背，我們也心如小鹿亂撞。好，到了，又要往人羣裏東瞧西看，找位子，招呼朋友，忙了一陣，纔鴉雀無聲地聽講了。聽的時候又要把我們所知道的關於工會，憲法，人生觀，戲劇，教育的智識整理好來吸收這新意思。講完了，人又波濤浪湧地擠出來。若使在這當兒，把所聽的也擠出來，那就糟糕了。

「我總有一種偏見：以爲這種 Public-lecture-mania 是一種 Yankee-disease。他們同我們是很要好的，所以我們不知不覺就染了他們的習慣。他們是一種開會，聽講，說笑話的民族。加拿大文學家 Stephen Leacock 在他的 My Discovery of England 裏曾說過美國學生把教授的講演看得非常重要，而英國牛津大學學生就不把 lecture 當作一回事，他又稱讚牛津大學學生程度之好。眞的我也總懷一種怪意思，因爲怕挨駡所以從來不告人，今日無妨同你一講。請你別告訴人。我想眞要得智識，求點學問，不只那東鱗西爪吉光片羽的講演不濟事，就是上堂聽講也無大意思。教授儘可把要講的印出來，也免得我們天天冒風雪上堂。眞眞要讀書只好在床上，爐旁，煙霧中，酒瓶邊，這纔能領略出味道來。所以歷來眞文豪都是愛逃學的。至於Swift的厭課程，Gibbon在自傳裏駡教授，那又是紳士們所不齒的，……』

他講到這裏，人也倦了，就停一下，看桌子上栗子花生也吃完，茶也冷了。他的朋友就很快地講：

『我們學理科的是非上堂不行的。』

『一行只管一行，我原是只講學文科的。不要離題跑野馬，還是談講演吧，我前二天看Mac Dougall的羣衆心理，他說我們有一種本能叫做「愛羣本能」(Gregarious instinct)，他說多數人不是爲看戲而去戲院，是要去人多地方而去戲院。乾脆一句話，人是愛向人叢裏鑽的。你看他的話對不對？』

他忽然跳起，抓着帽和圍巾就走，一面說道：

『糟！我還有一位朋友，他也要去三院瞧熱鬧，我跑來這兒談天，把他在家裏到等得慌了。』

十五年十一月十九日於北大西齋。

寄给一個失戀人的信(一)

秋心：在我這種懶散心情之下，居然呵開凍硯，拿起那已經有一星期沒有動的筆，來寫這封長信；無非是因爲你是要半年纔有封信。現在信來了，我若使又遲延好久纔覆，或者一擱起來就忘記去了；將來恐怕眞成個音信渺茫，生死莫知了。

來信你告訴我你起先對她怎樣鍾情想由同她互愛中得點人生的慰藉，她本來是何等的温柔，後來又如何變成鐵石心人，同你現在衰頹的生活，悲觀的態度。整整寫了二十張十二行的信紙，我看了非常高興。我知道你絕對不會想因爲我自己沒有愛人，所以看別人丟了愛人，就現出卑鄙的笑容來。若使你對我能夠有這樣的見解，你就不寫這封悱惻動人的長信給我了。我眞有可以高興的理由。在這萬分寂寞一個人坐在爐邊的時候，幾千里外來了一封八年前老朋友的信，痛快地曝露他心中最深一層的祕密，推心置腹般娓娓細談他失敗的情史，使我覺得世界上還有一個人這樣愛我，信我，來向我找些同情同熱淚，眞好像一片潔白耀目的光線，射進我這精神上之牢獄。最叫我滿意是由你這信我知道現在的秋心還是八年前的秋心。八年的時光，流水行雲般過去了。現在我們雖然還是少年，然而最好的青春已過去一大半了。所以我總是愛想到從前的事情。八年前我們一塊遊玩的情境，自然直率的談話是常浮現在我夢境中間，猶其在講堂上睜開眼睛所做的夢的中間。你現在寫信來哭訴你的怨情簡直同八年前你含着一泡眼淚咽着聲音講給我聽你父親怎樣罵你的神氣一樣。但是我那時能夠用手巾來擦乾你的眼淚，現在呢？我只好仗我這枝禿筆來替那陪你嗚咽，撫你肩膀低聲的安慰。秋心，我們雖然八年沒有見一面，半年一通訊，你小孩時候雪白的臉，桃紅的頰同你眉目間那一股英武的氣概却長存在我記憶裏頭，我們天天在校園踏着桃花瓣的散步，樹蔭底下石階上面坐着唧唧噥噥的談天，回想起來眞是亞當沒有吃菓前樂園的生活。當我讀關於美少年的文學，我就記起我八年前的遊伴。無論是述Narcissus的故事，Shakespeare百餘首的十四行詩，Gray給Bonstetten的信，Keats的Endymion，Wilde的Dorian Gray都引起我無限的愁思而懷念着久不寫信給我的秋心。十年前的我也不像現在這麼無精打彩的形相，那時我性情也温和得多，面上也充滿有青春的光彩，你還記着我們那一回修學旅行吧？因爲我是生長在城市，不會爬山，你是無時不在我傍邊，拉着我的手走上那崎嶇光滑的山路。你一面走一面又講好多故事，來打散我恐懼的心情。我那一回出瘆子，你瞞着你的家人，到我家裏，瞧個機會不給我家人看見跑到我床邊來。你喘氣也喘不過來似講的！『好容易同你談幾句話！我來了五趟，不是給你祖母攔住，就是被你父親拉着，說一大陣什麼染後會變麻子⋯⋯。』這件事我想一定是深印在你心中。憶起你那時的殷勤情誼更覺得現在我天天碰着的人的冷酷，也更使我留戀那已經不可再得的春風裏的生活。提起往事，徒然加你的惆悵，還是談別的吧。

來信中很含着「既有今日，何必當初」的意思。這差不多是失戀人的口號，也是失戀人心中最苦痛的觀念。我很反對這種論調，我反對，並不是因爲我想打破你的煩惱同愁怨。一個人的情調應當任牠自然地發展，旁人更不當來用話去壓制牠的生長，使他墮到一種莫明其妙的煩悶網子裏去。眞眞同情於朋友憂愁的人，絕不會殘忍地去撲滅他朋友懷在心中的幽情。他一定是用他的情感的共鳴使他朋友得點眞同情的好處，我總覺「旣有今日，何必當初」這句話對「過去」未免太藐視了。我是個戀着「過去」的骸骨同化石的人，我深切感到「過去」在人生的意義，儘管你講什麼「從前種種譬如昨日死，以後種種譬如今日生」同 Let bygones be bygones；「從前」是不會死的。就算形質上看不見，牠的精神却還是一樣地存在。「過去」也不至於煙消火滅般過去了；牠總留了深刻的足跡。理想主義者看宇宙一切過程都是向一個目的走去的，換句話就是世界上物事都是發展一個基本的意義的。他們把「過去」包在「現在」中間一齊望「將來」的路上走，所以Emerson講『只要我們能夠得到「現在」，把「過去」拿去給狗子罷了』這可算是詩人的幻覺。這麼漂亮的肥皂泡子不是人人都會吹的。我們老愛一部一部地觀察人生，好像捨不得這樣猪八戒吃人參菓般用一個大抽象概念解釋過去。所以我相信要深深地領略人生的味的人們，非把「過去」當做有牠獨立的價值不可，千萬不要只看做「現在」的工具。由我們生來不帶樂觀性的人看來，「將來」總未免太渺茫了，「現在」不過一刹那，好像一個沒有存在的東西似的，所以只有「過去」是這不斷時間之流中站得住的岩石。我們只好緊緊抱着牠，纔免得受漂流無依的苦痛，「過去」是個美術化的東西，因爲牠同我們隔遠看不見了，牠另外有一種縹緲不實之美。好像一塊風景近看瞧不出好來，到遠處一望，就成個美不勝收的好景了。爲的是已經物質上不存在，只在我們心境中憬憧着，所以「過去」又帶了神祕的色彩。對於我們含有Melancholy性質的人們，「過去」更是個無價之寶。Howthorne在他「古屋之苔」書中說：「我對我往事的記憶，一個也不能丟了。就是錯誤同煩惱，我也愛把牠們記着。一切的回憶同樣地都是我精神的食料。現在把牠們都忘去，就是同我沒有活在世間過一樣。」不過「過去」是很容易被人忽略去的。而一般失戀人的苦惱都是由忘記「過去」，太重「現在」的結果。實在講起來失戀人所失丟的只是一小部分現在的愛情。他們從前巳經過去的愛情是存在「時間」的寶庫中，絕對不會失丟的。在這短促的人生，我們最大的需求同目的是愛，過去的愛同現在的愛是一樣重要的。因爲現在的愛丟了就把從前之愛看得一個大也不值，這就有點近視眼了。只要從前你們曾經眞摯地互愛過，這個記憶巳很値得好好保存起來，作這千災百難人生的慰藉，所以我意思是，「今日」是「今日」，「當初」依然是「當初」，不要因爲有了今日這結果，把「當初」一切看做都是鏡花水月白費了心思的。愛人的目的是愛情，爲了目前小波浪忽然捨得將幾年來兩人辛辛苦苦織好的愛情之網用剪子絞得粉碎，這未免是不知道怎樣去多領略點人生之味的人們的態度了。秋心我勸你將這網子仔細保護着，當你感到寂寞或孤栖的時候，把這網子慢慢張開在你心眼的前面，深深地去享受牠的美麗，好像吃過青果後囘甘一般，那也不枉你們從前的一場要好了。

照你信的口氣，好像你是天下最不幸的人，秋心你只知道情人的失戀是可悲哀，你還不曉得夫婦中間失戀的痛苦。你現在失戀的情况總還帶三分 Romantic 的色彩，她雖然是不愛你了，但是能夠這樣忽然間由情人一變變做陌路之人，倒是件痛快的事——其痛快不下給一個運刀如飛殺人不眨眼的劊子手殺下頭一樣。最苦的是那一種結婚後二人愛情漸漸不知不覺間淡下去。心中總是感到從前的夢的有點不能實現，而一方面對「愛情」也有些麻木不仁起來。這種肺病的失戀是等於受凌遲刑。挨這種苦的人，精神天天痿痺下去，生活力也一層一層沉到零的地位。這種精神的死亡纔是天地間惟一的慘劇。也就因爲這種慘劇旁人看不出來，有時連自已都不大明白，所以比別的要慘苦得多。你現在雖然失戀但是你還有一肚子的怨望，還想用很多力寫長信去告訴你的唯一老朋友，可見你精神仍是活潑潑跳動着。對於人生還覺得有趣味——不管是詈罵運命，或是讚美人生——總不算個不幸的人。秋心你想我這話有點道理嗎？

秋心，你同我談失戀，眞是「流淚眼逢流淚眼」了。我也是個失戀的人，不過我是對我自己的失戀，不是對於在我外面的她的失戀。我這失戀既然是對於自己，所以不顯明，旁人也不知道。因此也是更難過的苦痛。無聲的嗚咽比嚎啕總是更悲哀得多了。我想你現在總是白天魂不守舍地胡思亂想，晚上睜着眼睛看黑暗在那裏怔怔發獃，這麽下去一定會變成神經衰弱的病，我近來無聊得很，專愛想些不相干的事。我打算以後將我所想的報告給你，你無事時把我所想出的無聊思想拿來想一番，這樣總比你現在毫無頭緒的亂想，少費心力點罷。有空時也希望你想到那裏筆到那裏般常寫信給我。兩個伶仃孤苦的人何妨互相給點安慰呢！

——敢聽，十六年陽元宵寫於北大西齋。

醉中梦话

生平不常喝酒，從來沒有醉過。幷非自誇量大，實是因爲膽小，那敢多灌黃湯。夢却夜夜都做。夢裏未必說話，醉中夢話云者，裝糊塗，假癡聾，免得「文責自負」云爾。

一笑

吳老頭說文學家都是瘋子，我想哲學家多半是傻子，不懂得人生的味道。舉個例罷：鼎鼎大名的霍布士(Hobbes)說過笑全是由我們的驕傲來的。這種傻話實在只有哲學家纔會講的。或者是因爲英國國民性陰鷙不會笑，所以有這樣哲學家。有人說英國人勉強笑的樣子同哭一樣。實在我們現在中國人何嘗不是這樣呢？前星期日同兩個同學在中央公園喝茶，坐了四五個鐘頭，聽不到一點痛快的笑聲，只看見好多皮笑肉不笑，肉笑心不笑的呆臉。遊戲場尚如是，別的地方更不用說了。我們的人生態度是不進不退，既不高興地笑，也不號陶地哭，總是這麽呆着，是謂之曰「中庸」。

有很多人以爲捧腹大笑有損於上流人的威嚴，而是件粗鄙的事，所以有「咽歡裝淚」擺出孤哀子神氣。可是眞眞把人生的意義細細咀嚼過的人是曉得笑的價值的。Carlyle 是個有名宣揚勞工福音的人，一個勇敢的戰士，他却說一個人若使有眞眞地笑過一回，這人絕不是壞人。的確只有對生活覺得有豐溢的趣味，心地坦白，精神健康的人纔會眞眞地笑，而眞眞地曲背彎腰把眼淚都擠出笑後，精神會覺得提高，心情忽然恢復小孩似的天眞爛漫。常常發笑的人對於生活是同情的，他看出人類共同的弱點，事實與理想的不同，他哈哈地笑了。他並不是覺得自己比別人高明（所謂驕傲）纔笑，他只看得有趣，因此禁不住笑着。會笑的人思想是雪一般白的，不容易有什麽性狂，誇大狂同書狂。James M. Barrie 在他有名的 Peter Pan 裏述有一個天眞爛漫的小姑娘問那晚上由窗戶小孩第一次大笑時候，他的笑聲化作一千片，每片在空中跳舞着，後來片片全變做神仙了，這是神仙的起源。這種仙人實是比我們由丹房爐焦了白日飛昇的漂亮得多了。

什麽是人呢？希臘一個哲學家說人是兩個足沒有毛的動物。後來一位同他開玩笑的朋友把一個雞拔去毛，放在他面前，問他這是不是人，有人說人是理性的動物。但什麽是理性呢？這太玄了，我們不懂。又有一個哲學家說人是能夠煮東西的動物。我自己煮飯會焦，炒菜不爛，所以覺得這話也不大對。法國一個學者說人是會笑的動物。這話就入木三分了。Hazlitt也說人是惟一會笑會哭的動物。所以笑者，其爲人之本歟？

自從我國「文藝復興」（這四字眞典雅堂皇）以後，許多人都來提倡血淚文學，寫實文學，唯美派……總之沒有人提倡無害的笑。現在文壇上，常見一大叢帶着桂冠的詩人，把他「灰色的靈魂」，不是獻給愛人，就送與Satan。近來又有人主張幽默，播揚嘴角微笑。微笑自然是好的。「拈花微笑」，這是何等境界。Emerson並且說微笑比大笑還好。不過平淡無奇的鄉老般的大笑都辦不到，忽談起藝術的微笑，這未免是拏了一雙老年四楞象牙鑲金的筷子與劉老老了。我要借Maxim Gorky的話評中國的現狀了。他說，『你能夠對人引出一種充滿生活快樂，同時提高精神的笑麽？看，人已經忘却好的有益的笑了！』

在我們這個空氣沉悶的國度裏，觸目都是貧乏同困痛，更要保持這笑聲，來維持我們的精神，使不至於麻木沉到失望深淵裏。當Charlotte Bronte失了兩個親愛的姊妹，憂愁不堪時候，她寫她那含最多日光同笑聲的『Shirley』。Cowper煩悶得快瘋了時候，他整晚吃吃地笑在床上做他的傑作癡漢騎馬歌，（John Gilpin）。Gorky身嘗憂患，屢次同遊民爲伍的，所以他也特別懂得笑的價值。

近來有好幾個民衆故事集出版，這是再好沒有的事。希望大家不要擺出什麼民俗學者的臉孔一定拿放在解剖桌去分剖，何妨就跟着民衆笑一下，然禮失而求之於野，亦可以浩歎矣。

二做文章同用力氣

從前自認「捨大道而不由」的胡適之先生近來也有些上了康莊大道，言語穩重了好多。在現代評論一百十九期寫給「浩徐」的信裏，胡先生說：『我總想對國內有志作好文章的少年們說兩句忠告的話，第一，做文章是要用力氣的……。』這句話大概總是天經地義罷，可是我覺得這種話未免太正而不邪些。彷彿有一個英國人（名字却記不清了）說 When the author has a happy time in writing a book, then the reader enjoys a happy time in reading it（句子也記不清了，大概是這樣罷。）眞的，一個作家抓着頭髮，縐着眉頭，費九牛二虎之力作出來東西，有時到賣力氣不討好，反不如隨隨便便懶惰漢的文章之淡粧粗衣那麼動人。所以有好多信札日記，寫時不大用心，而後世看來到另有一種風韻。Pepys用他自己的暗號寫日記，自然不想印出給人看的，他每晚背着他那法國太太寫幾句，更談不上什麼用力氣了，然而我們看他日記中間所記的同女僕調情，怎麼買個新錶時時刻刻拿出玩弄，早上躺在床上同他夫人談天是如何有趣味，我們却以爲這本起居注比那日記體的小說都高明。Charles Lamb 的信何等膾炙人口，Cowper 的信多麼自然輕妙，（Dobson 叫他做 A humorist in a nightcap 着睡帽的滑稽家），這類「信手拈來，都成妙諦」的文字都是不用力氣的，所以能夠清麗可人，好似不吃人間煙火。有名的 Samuel Johnson 的文章字句都極堂皇，却不是第一流的散文，而他說的話，給 Boswell 記下的，句句都是漂亮的，顯明地表現出他的人格，可見有時衝口出來的比苦心構造的還高一等。Coleridge是一個有名會說話的人，但是我每回念他那生硬的文章，老想哭起來，大概也是因爲他說話不比做文章費力氣罷。Walter Pater一篇文章改了幾十遍，力氣是花到家了，音調也鏗鏘可聽，却帶了矯揉造作的痕跡，反不如因爲沒錢逼着非寫文章不可的Goldsmith的自然的美了。Goldsmith作文是不大費力氣的。Harrison却說他的威克斐牧師傳是The high-water mark of English。實在說起來，文章中一個要緊的成分是自然(ease)，我們中國近來白話文最缺之的東西是風韻(charm)。胡先生以爲近來青年大多是隨筆亂寫，我却想近來好多文章是太費力氣，故意說俏皮話，拚命堆砌。Sir A. Helps 說做文章的最大毛病是可省的地方，不知道省。他說把一篇不好文章拿來，將所有的 noun, verb, adjective, 都删去一大部分，一切 adverb 全不要，結果是一篇不十分壞的文章。若使我是胡先生，我一定勸青年作家少費些力氣，自然點罷，因爲越是費力氣，常反得不到 ease 同 charm了。

若使因爲年青人力氣太足，非用不可，那麽用來去求 ease 同 charm 也行，同近來很時髦 essayist Lucas 等學 Lamb 一樣。可是賣力氣的理想目的是使人家看不出賣力氣的痕跡。我們理想中的用氣力做出的文章是天衣無縫，看不出是彫琢的，所以一瞧就知道是篇用力氣做的文章，是壞的文章，沒有去學的必要，眞眞值得讀的文章却反是那些好像不用氣力做的。對於胡先生的第二句忠告，（第二，在現時的作品裏，應該揀選那些用氣力做的文章做樣子，不可挑那些一時遊戲的作品，）我們因此也不得不取個懷疑態度了。

胡先生說「不可挑那些一時遊戲的作品」，使我憶起一段文場佳話。專會瞎扯的 Leigh Hunt 有一回由Macaulay介紹，投稿到 The Edinburgh Review，碰個大釘子，原稿退還，主筆先生請他另寫點紳士樣子的文章（Something gentleman-like），不要那麽隨便談天。胡適之先生到底也免不了有些高眉（High-b rowed）長臉孔（Longfaced）了，還好鬍子早刮去了，所以文章裏還留有些笑臉。

三　抄兩句爵士說的話

近來平安映演笠頓爵士（Lord Lytton）的邦沛之末日（Last days of Pompei）我很想去看，但是怕夜深寒重，又感冒起來。一個人在北京是沒有病的資格的。因爲不敢病，連這名片也犧牲不看了。可是爵士這名字總盤旋在腦中。今天忽然記起他說的兩句話，雖然說不清是在那一本書曾過，但這是他說的，我却記得千眞萬確，可以人格擔保。他說：「你要想得新意思吧？請去讀舊書；你要找舊的見解吧？請你看新出版的。」(Do you want to get at new ideas? read old books; do you want to find old ideas? read new ones,) 我想這對於現在一般犯「時代狂」的人是一服清涼散。我特地引這兩句話的意思也不過如是，並非對國故黨欲有所建功的，恐怕神經過敏者隨便株連，所以鄭重地聲明一下。

十六年清明前兩日，於北京。

『还我头来』及其他

關雲長兵敗麥城，雖然首級給人拿去招安，可是英靈不散，吾舌尚存，還到玉泉山，向和尚訴冤，大喊什麼『還我頭來！』這是多麼驚心動魄的事，萬想不到我現在也來發出同樣陰慘的呼聲。

但是我並非愛做古人的鸚鵡，實在有不得已的苦衷，在所謂最高學府裏頭，上堂，吃飯，睡覺，匆匆地過了五年，到底學到了什麼，自己實在很懷疑。然而一同同學們和別的大學中學的學生接近，常感覺到他們是全知的——人們，

（差不多要寫做上帝了。）他們多數對於一切大大小小長長短短的問題，都有一定的意見，說起來滔滔不絕，這是何等可羨慕的事。他們知道宗教是應當「非」的，孔丘是要打倒的，東方文化根本要不得，文學是蘇俄最高明，小中大學都非專教白話文不可，文學是進化的（因爲胡適先生有一篇文學進化論），行爲派心理學是唯一的心理學，哲學是要立在科學上面的，新的一定是好，一切舊的總該打倒，以至戀愛問題女子解放問題……他們頭頭是道，十八般武藝無一不知。魯拙的我看着不免有無限的羨慕同妒忌。更使我讚美的是他們的態度，觀察點總是大同小異——簡直是全同無異。

有時我精神疲倦，不注意些，就分不出是誰在那兒說話。我從前老想大學生是有思想的人，各個性格不同，意見難免分歧，現在一看這種融融洩洩的空氣，纔明白我是杞人憂天。不過凡庸的我有時試把他們所說的話，拿來仔細想一下，總覺頭緒紛紛，不是我一個人的力幾秒鐘的時間所能了解。有時嘗盡艱難，打破我這愚拙的網，將一個問題，從頭到尾，好好想一下，結果却常是找不出自己十分滿意解决的方法，只好歸咎到自己能力的薄弱了。有時學他們所說的，照樣向旁人說一下，因此倒得到些恭維的話，說我思想進步。榮譽雖然得到，心中却覺慚愧，怕的是這樣下去，滿口只會說別人懂（？）自己不懂的話。隨和是做人最好的態度，爲了他人，失了自己，也是有犧牲精神的人做的事；不過這麼一來，自己的頭一部一部消滅了，那豈不是個傷心的事情嗎？由讚美到妒忌，由妒忌到誹謗是很短的路。人非聖賢，誰能無過，我有時也免不了隨意亂罵了。一回我同朋友談天，我引美國Cabell說的話來洩心中的積憤，我朋友或者猜出我老羞成怒的動機，看我一眼，我也只好住口了。現在他不在這兒，何妨將Cabell話譯出，洩當時未洩的氣。Cabell在他那本怪書，名字叫做「不朽」Beyond Life中間說：

『印刷發明後，思想傳布是這麼方便，人們不要麻煩費心思，就可得到很有用的意見。從那時候起很少人高興去用腦力，傷害自己的腦。』

Cabell在現在美國，還高談Romance，提倡吃酒，本來是個狂生，他的話自然是無足重輕的，只好借來發點牢騷不平罷！

以上所說的是自己有願意把頭弄掉，去換幾個時髦的字眼的危險。此外在我們青年旁邊想用快刀闊斧來取我們的頭者又大有人在。思想界的權威者無往而不用其權威來做他的文力統一。從前晨報附刊登載青年必讀書十種時候，我曾經搖過頭。所以搖頭者，一方面表示不滿意，一方面也可使自己相信我的頭還沒有被斬。這十種旣是青年所必讀，那麽不去讀的就不好算做青年了。年紀青青就失掉了做青年的資格，這豈不是等於不得保首級。回想二三十年前英國也有這種開書單的風氣。但是Lord Avebury 在他「人生樂趣」(The Pleasure of Life)裏所開的書單的題目不過是「百本書目表」(List of 1oo Books)。此外Lord Acton, Shorter等所開者，標題皆用此。彼等以爵士之尊，說話尚且這麽謙虛，不用什麽「必讀」等命令式字眼，眞使我不得不佩服西人客氣的精神了。想不到後來每下愈况，梁啓超先生開個書單，就說沒有念過他所開的書的人不是中國人，那種辦法完全是靑天白日當街殺人劊子手的行爲了。胡適先生在「現代評論」曾說他治哲學史的方法是唯一無二的路，凡同他不同的都會失敗。我從前曾想抱嘗試的精神，懷疑的態度，去讀哲學，因爲胡先生說過眞理不是絕對的，中間很有商量餘地，所以打算捨胡先生的大道而不由，另找個羊腸小徑來。現在給胡先生這麼當頭棒喝，只好擺開夢想，搖一下頭——看還在沒有。總之在旁邊窺伺我們的頭者，大有人在，所以我暑假間趕緊離開學府，萬里奔波，回家來好好保養這六斤四的頭。

所以「還我頭來」是我的口號，我以後也只願說幾句自己確實明白了解的話，不去高攀，談什麼問題主義，免得跌重。說的話自然平淡凡庸或者反因爲牠的平淡凡庸而深深地表現出我的性格，因爲平淡凡庸的話只有我這魯拙的人，纔能夠說出的。無論如何總不至于失掉了頭。

末了，讓我抄幾句 Arnauld 在 Port-Royal Logic 裏面的話，來做結束罷。

「我們太容易將理智只當做求科學智識的工具，實在我們應該用科學來做完成我們理智的工具；思想的正確是比我們由最有根據的科學所得來一切的智識都要緊得多。」

中國普通一般自命爲名士才子之流，到了風景清幽地方，一定照例地說若使能夠在此讀書，纔是不辜負此生。由這點就可看出他們是不能眞眞鑑賞山水的美處。讀書是一件樂事，遊山玩水也是一件樂事。若使當讀書時候，一心想什麼飛瀑松聲絕崖遠眺，我們相信他讀書趣味一定不濃厚，同樣地若使當看到好風景時候，不將一己投到自然懷中，熱烈領會生存之美，却來排名士架子，說出不冷不熱的套話，我們也知道他實在不能夠吸收自然無限的美。我一想到這事，每每記起英國大詩人Chaucer的幾行詩。（這幾行是我深信能懂的，其餘文字太古了，實在不知道清楚。）他說：

"When that the monthe of May
Is comen, aad that 1 here the foules synge,

And that the floures gynnen for to spryngе,
Farurl my boke and my devocon."

Legende of Good Women.

大意是當五月來的時候，我聽到鳥唱，花也漸漸爲春天開，我就向我的書籍同宗教告別了。要有這樣的熱誠纔能得眞正的趣味。徐旭生先生說中國人缺乏 enthusiasm，這句話眞值得一百圈。實在中國人不止對重要事沒有 enthusiasm，就是關於遊戲也是取一種逢場作戲隨便玩玩的態度，對於一切娛樂事情總沒有什麼無限的興味。閉口消遣，開口銷愁，全失丟人生的樂趣，因爲人生樂趣多存在對於一切零碎事物普通遊戲感覺無窮的趣味。要常常使生活活潑生姿，一定要對極微末的娛樂也全心一意地看重，熱烈地將一己忘掉在裏頭。比如要談天，那麼就老老實實說心中自己的話，不把通常流俗的意見，你說過來，我答過去地敷衍。這樣子談天也有眞趣，不至像刻板文章，然而多數人談天總是一副皮面話，聽得眞使人難過。關於說到這點的文章，我最愛讀蘭姆(Lamb)的Mrs. Battle's opinions on Whist。那是一篇遊戲的福音，可惜文字太妙了，不敢動筆譒譯。再抄一句直腿者流的話來說明我的鄙見罷。A. C. Berson在From a College Window裏說：

『一個人對於遊戲的態度愈是鄭重，遊戲就越會有趣。』

因爲我們對於一切都是有些麻木，所以每回遊玩山水，只好借幾句陳語來遮飾我們心理的空虛。爲維持面子的緣故，漸漸造成虛僞的習慣，所以智識階級特別多僞君子，也因爲他們對面子特別看重。他們旣然對自然對人情不能夠深切地欣賞，只好將快樂全放在淫慾虛榮權力錢財……這方面。這總是不知生活術的結果。

有人說，我們向文學求我們自己所缺的東西，這自然是主張浪漫派人的說法，可是也有些道理。我們若使不是麻木不仁，對於自己缺點總特別深切地感覺。所以對沒有缺點的人常有過量的讚美，而對於有同一缺點的人，反不能加以原諒。Turgeniev 自己意志薄弱，是 Hamlet 一流人物，他的小說描寫當時俄國智識階級意志薄弱也特別動人。Hazlitt 自己癖氣極壞，可是對心性慈悲什麽事也不計較的 Goldsmith 却嘖嘖稱美。朋友的結合，因爲二人同心一意雖多，而因爲性質正相反也不少。爲的各有缺點各有優點，並且這個所沒有的那個有，那個自己慚愧所少的，這個又有，所以互相吸引力特別重。心思精密的管仲同性情寬大的鮑叔，友誼特別重；拘謹守禮的 Addison 和放蕩不羈的 Steele，厚重老成的 Southey，和吃大煙什麽也不管的 Coleridge 也都是性情相背，居然成歷史上有名友誼的榜樣。老先生們自己道德一塲糊塗，却口口聲聲說道德，或者也是因爲自己缺乏，所以特別覺得重要。我相信天下沒有那麼多僞君子，無非是無意中行爲同口說的矛盾罷了。

我相信眞眞了解下層社會情形的作家，不會費筆墨去寫他們物質生活的艱苦，却去描寫他們生活的單調，精神奴化的經過，命定的思想，思想的遲鈍，失望的麻木，或者反抗的精神，蔑視一切的勇氣，窮裏尋歡，淚中求笑的心情。不過這種細密精緻的地方，不是親身嘗過的人像Dostoievski, Gorki不能夠說出，出身紈袴的青年文學家，還是扯開仁人君子的假面，講幾句眞話罷！

因爲人是人，所以我們總覺人比事情要緊，在小說裏描狀個人性格的比專述事情的印像會深得多。這是一件非常明顯的事，然而近來所看的短篇小說多是敍一兩段情史，用幾十個風花雪月字眼，眞使人失望。希望新文豪少顧些結構，多注意點性格。Tolstoy 的「伊凡伊列支之死」，Conrcd 的 Lord Jim 都是沒有多少事實的小說，也都是有名的傑作。

十六年七月六日，於福州。

人死観

恍惚前二三年有許多學者熱烈地討論人生觀這個問題，後來忽然又都擱筆不說，大概是因爲問題已經解決了罷！到底他們的判決詞是怎麼樣，我當時也有些概念，可惜近來心中總是給一個莫明其妙不可思議的煩悶罩着，把學者們拚命爭得的眞理也忘記了。這麼一來，我對於學者們只可面紅耳熱地認做不足教的蠢貨；可是對於我自己也要找些安慰的話，使這徬徨無依黑雲包着的空虛的心不至於再加些追悔的負擔。人生觀中間的一個重要問題不是人生的目的麼？可是我們生下來并不是自己情願的，或者還是萬不得已的，所以小孩一落地免不了嬌啼幾下。既然不是出自我們自己意志要生下來的，我們又怎麼能夠知道人生的目的呢？湘鄂的土豪劣紳給人拿去游街，他自己是毫無目的，并且他也未必想去明白游街的意義。小河是不得不流自然而然地流着，牠自身却什麼意義都沒有，雖然牠也曾帶瓣落花到汪洋無邊的海裏，也曾帶愛人的眼淚到他的愛人的眼前。勃浪甯把我們比做大匠輪上滾成的花瓶。我客廳裏有一個假康熙彩的大花瓶，我對牠發獃地問牠的意義幾百回，牠總是呆呆地站着，說不出一句話來。但是我却知道花瓶的目的同用處。人生的意義，或者只有上帝纔曉得吧！還有些半瘋不瘋的哲學家高唱「人生本無意義，讓我們自己做些意義。」夢是隨人愛怎麼做就怎麼做的，不過我想夢最終脫不了是一個夢罷，黃粱不會老熟不熟的。

生不是由我們自己發動的，死却常常是我們自己去找的。自然在世界上多數人是「壽終正寢」的，可是自殺的也不少，或者是因爲生活的壓迫，也有是怕現在的快樂不能夠繼續下去而想借死來消滅將來的不幸，像一對夫婦感情極好却雙雙服毒同盡的，（在嫖客娼妓中間更多）這些人都是以口問心，以心問口商量好去找死的。所以死對他們是有意義的，而且他們是看出些死的意義的人。我們旣然在人生觀這個迷園裏走了許久，何妨到人死觀來瞧一瞧呢。可惜「君子見其生不忍見其死」，所以學者旣不搖旗吶喊在前，高唱各種人死觀的論調，青年們也無從追隨奔走在後。「天下興亡，匹夫有責」，因此我做這部人死觀，無非出自拋磚引玉的野心，希望能夠勳學者的心，對人死觀也在切實研究之後，下個放之四海而皆準的判斷。

若使生同死是我們的父母——不，我們不這樣說，我們要征服自然——若使生同死是我們的子女，那麼死一定會噘着嘴抱怨我們偏心，只知道「生」不管「死」，一心一意都花在生上面。眞的，不止我們平常時都是想着生。Hazlitt 死時候說『好吧！我有過快樂的一生』"Well, I,ve had a happy life," 他幷沒想死是怎麼一回事。Charlotte Bronte 臨終時候還對她的丈夫說：『呵，我現在是不會死的，我會不會嗎？上帝不至於分開我們，我們是這麼快樂』。"Oh! I am not going to die, am I? He will not seperate us, we have been so happy." 這眞是不到黃河心不死。爲什麼我們這麼留戀着生，不肯把死的神祕想一下呢？並且有時就是正在冥想死的偉大，何嘗是確實把死的實質拿來咀嚼，無非還是向生方面着想，看一下死對於生的權威。做官做不大，發財發不多，打戰打敗仗，於是乎嘆一口氣說：『千古英雄同一死！』和『自古皆有死，莫不飲恨而吞聲，任他生前何等威風嚇嚇，死後也是一樣的寂寞』。這些話幷不是眞的對於死有什麼了解，實在是懷着嫉妒，心惦着生，說風涼話，解一解怨氣。在這裏生對死，是借他人之紙筆，發自己之牢騷。死是在那裏給人利用做抓爆栗子的貓脚爪，生却嘻皮涎臉地站在旁邊受用。讓我譯一段 Sir W. Raleigh 在「世界史」(The History of the World) 裏的話來代表普通人對於死的觀念罷。

「只有死纔能夠使人了解自己，指示給驕傲人看他也不過是個普通人，使他厭惡過去的快樂；他證明富人是個窮光蛋，除擁塞在他口裏的沙礫外，什麼東西對他都沒有意義；當他舉起他的鏡在絕色美人面前，他們看見承認自己的毛病同腐朽。呵！能夠勸人，公平同有力的死呀，誰也不能勸服的你能夠說服；誰也不敢想做的事，你做了；全世界所諂媚的人，你把他擲在世界以外，看不起他；你曾把人們的一切偉大，驕傲，殘忍，雄心集在一塊，用小小兩個字「躺在這裏」蓋盡一切。」

"Death alone can make man know himself, show the proud and insolent that he is but object, and can make him hate his forepassed happiness; the rich man be proved a naked beggar, which hath interest in nothing but the gravel that fills his mouth; and when he holds his glass before the eyes of the most beautiful, they see and acknowledge their own deformity and rottenness. O eloquent, just and mighty death whom none could advise, thou hast persuaded; what none hath presumed, thou hast cast out of the world and despised: thou hast drawn together all the extravagant greatness, all the pride, cruelty and ambition of man, and covered all over with two narrow words: "Hic jacet."

這裏所說的是平常人對於死的意見，不過用伊利沙伯時代文體來寫壯麗點，但是我們若使把牠細看一番，就知道裏頭只含了對生之無常同生之無意義的感慨，而對着死國裏的消息幷沒有絲毫透露出來。所以到不如叫做生之哀辭，比死之冥想還好些。一般人口頭裏所說關於死的思想，剝蕉抽繭看起來，中間只包了生的意志，那裏是老老實實的人死觀呢。

庸人不足論，讓我們來看一看沉着聲音，兩眼渺茫地望着靑天的宗教家的話。他們在生之後編了一本「續編。」天堂地獄也不過如此如此。生與死給他們看來好似河岸的風景同水中反映的影景一樣，不過映在水中的經過綠水特別具一種漂渺空靈之美。不管他們說的來生是不是鏡花水月，但是他們所說死後的情形太似生時，使我們心中有些疑惑。因爲若使死眞是不過一種演不斷的劇中一會的閉幕，等會笛鳴幕開，仍然續演，那麽死對於我們絕對不會有這麽神祕似的，而幽明之隔，也不至於到現在還沒有一線的消息。科學家對死這問題，含糊說了兩句不負責任的話，而科學家却常常仍舊安身立命於宗教上面。而宗教家對死又是不敢正視，只用着生的現象反映在他們西洋鏡，做成八寶樓台。說來說去還在執着人生觀，用遁辭來敷衍人死觀。

還有好多人一說到死就只想將死時候的苦痛。George Gissing 在他的「草堂隨筆」'The Private Papers of Henry Ryrcroft,

說生之停止不能夠使他恐怖，在床上久病却使他想起會害怕。當該薩 Caesar 被暗殺前一夕，有人問那種死法最好，他說「要最倉猝迅速的。」"That which should be most sudden!" 疾病苦痛是生的一部分，同死的實質滿不相干。以上這兩位小竊軍閥說的話還是人生觀，幷不能對死有什麼眞了解。

為什麼人死觀老是不能成立呢？為什麼誰一說到死就想起生，由是眼睛注着生嚕嚕嚇嚇說一陣遁辭，而不抓着死來考究一下呢？約翰生 Johnson 曾對 Bcswell 說：「我們一生只在想離開死的思想。」"The whole of life is but keeping away the thought of death." 死是這麼一個可怕着摸不到的東西，我們總是設法迴避牠，或者將生死兩個意義混起，做成一種騙自己的幻覺。可是我相信死絕對不是這麽簡單乏味的東西。Andreyev是窺得點死的意義的人。他寫Lazarus來象徵死的可怕，寫七個縊死的人(The seven that were hanged)來表示死對於人心理的影響。雖然這兩篇東西我們看着都會害怕，牠們中間都有一段新奇耀目的美。Christina Rosutti, Edgar Allan Poe Ambrose Bierce同Lord Dunsang對着死的本質也有相當的了解，所以他們著作裏面說到死常常有種凄涼灰白色的美。有人解釋Andreyev，說他身旁四面都被圍牆圍着，而在好多牆之外有一個一切牆的牆——那就是死。我相信在這一切牆的牆外面有無限的風光，那裏有說不出的好境，想不來的情調。我們對生既然覺得二十四分的單調同乏味，爲什麼不勇敢地放下一切對生留戀的心思，深深地默想死的滋味。壓下一切懦弱無用的恐怖，來對死的本體睇着細看一番。我平常看到骸骨總覺有一種不可名言的痛快，牠是這麼光着，毫無所怕地站在你面前。我眞想抱着他來探一探牠的神祕，或者我身裏的骨，會同他有共鳴的現象，能夠得到一種新的發現。骸骨不過是死宮的門，已經給我們這種無量的歡悅，我們爲什麼不慢步到宮裏，看那千奇萬怪的建築呢。最少我們能夠因此遁了生之無聊ennui的壓迫，De Quincy只將「猝死」「暗殺」……當作藝術看，就現出了一片瑰奇偉麗的境界。何況我們把整個死來默想着呢？來，讓我們這會死的凡人來客觀地細玩死的滋味：我們來想死後靈魂不滅，老是這麼活下去，沒有了期的煩惱；再讓我們來細味死後什麼都完了，就歸到沒有了的可哀；永生同滅絕是一個極有趣味的dilemma，我們儘可和死親暱着，讚美這個dilemma做得這麼完美無疵，何必提到死就兩對牙齒打戰呢？人生觀這把戲，我們玩得可厭了，換個花頭吧，大家來建設個好好的人死觀。

在Carlyle的The life of John Sterling中有一封Sterling在病快死時候寫給Carlyle的信，中間說：

「牠（死）是很奇怪的東西，但是還沒有旁觀者所覺得的可悲的百分之一。」

"It is all very strange, but not one hundredth part so sad as it seems to the standers-by."

十六年八月三日於福州 Sweet Home

查理斯蘭姆評傳

『牠在柔美風韻之外，還帶有一種描寫不出奇異的美；甜蜜的，迷人的，最引人發笑的，然而是這樣地動人的情緒又會使人心酸』——Hawthorne-Marble Faun.

傳說火葬之後，心還不會燒化的雪萊，曾悱惻地唱：我墮在人生荊棘上面！我流血了！」人生路上到處都長着荊棘，這是無可諱言的事實。但是我們要怎麼樣纔能夠避免常常被刺，就是萬不得已皮膚給那尖硬的木針抓破了，我們要去那裏找止血的靈藥呢？一切戀着人生的人，對這問題都覺有細想的必要。查理斯蘭姆是解決這個問題最好的導師。George Eliot在那使她失丟青春的長篇小說 Romola 裏面說『生命沒有給人一種牠自己醫不好的創傷』。蘭姆的一生是證明這句話最好的例，而且由他的作品，我們可以學到很多精妙的生活術。

查理斯蘭姆——Coleridge 叫他做「心地温和」的查理斯——在一七七五年二月十八日生於倫敦。他父親是一個性情慈愛諸事隨便的律師 Samuel Salt 的像僕人不是僕人，說書記又非書記式的僱員。他父親約翰蘭姆做人忠厚慷慨，很得他主人的信任。蘭姆的幼年就住在這個律師所住的寺院裏，八歲進基督學校 Christ Hospital，受古典教育，到十五歲就離開學校去做事來持家了。基督學校的房子本來也是中古時代一個修道院，所以他十四年都是在寺院中過去的。他那本來易感沈悶的心情，再受這寺院中寂靜恬適的空氣的影響，更使他耽於思索不愛幹事了。他在學校時候與浪漫派詩人和批評家S. T. Coleridge 訂交，他們的交誼繼續五十年，沒有一些破裂。蘭姆這幾年學校生活可以說是他環境最好的時期。他十五歲就在南海公司做書記，過兩年轉到東印度公司會計課辦事，在那裏過記賬生活三十三年，纔得養老金回家過閒暇時光。不止他中年這麼勞苦，他年青時候還遇着了極不幸的事。當他二十一歲時候，他同一位名叫Ann Simmons姑娘發生愛情，後來失戀了，他得了瘋病，在瘋人院過了六個禮拜。他出院沒有多久，比他長十歲的姊姊瑪利蘭姆一天忽然發狂起來，拿棹上餐刀要刺一女僕，當她母親來勸止時候，她母親被誤殺了。瑪利自然立刻關在瘋人院了。後來瑪利雖然經法庭判做無罪，但是對於瑪利將來生活問題，蘭姆却有許多躊躇。瑪利在她母親死後沒有多久時候漸漸地好了，若使把她接回家中住，老父是不答應的，把一個精神健全，不過一年有幾天神經會錯亂的人關在瘋人院裏，蘭姆覺得是太殘酷了。並且瑪利是個極聰明知理的女子，同他非常友愛，所以只有在外面另賃房子一個辦法。不過蘭姆以前入僅敷出，雖然有位哥哥，可是這個大哥自私自利只注意自己的脚痛，別的什麼也不管，而且堅持將瑪利永久關在瘋人院裏。蘭姆在這萬分困難環境之下，定個決心，將瑪利由瘋人院領出，保證他自己一生都看護她。他恐怕結婚會使他對於瑪利招扶不週到，他自定終身不娶。一個二十一歲青年已背上這麼重負担，有這麼凄慘的事情佔在記憶中間，也可謂極人生的悲哀了。不久他父親死了。以後他天天忙着公司辦事，回家陪伴姊姊，有時還要做些文章，得點錢，來勉強維持家用。瑪利有時瘋病復發，當有些預徵時候，他攜着她的手，含一泡眼淚送入瘋人院去，他一人回到家裏癡癡地愁悶。在這許多困苦中間，蘭姆全靠着他的美妙樂天的心靈同幾個知心朋友 Wordsworth, Coleridge, Hazlitt, Manning, Rickman, Barton Burney. Carey, 等的安慰來支持着。他雖然厭惡工作，可是當他得年金後，因爲工作已成種習慣，所以他又有無聊空虛的愁苦了。又加以他好友 Coleridge 的死，他晚年生活更形暗淡。在一八三四，五月二十日他就死了。他姊姊老是在半知覺狀態之下，還活十三年。這是和他的計劃相反的，因爲他希望他能夠比他姊姊後死，免得她一個人在世上過凄涼的生活。他所有的著作都是忙裏偸閒做的。

人生的內容是這樣子紛紜錯雜，毫無頭緒，除了大天才像莎士比亞這般人外多半都只看人生的一方面。有的理想主義者不看人生，只在那裏做他的好夢，天天過雲霧裏生活，Emerson是個好例。也有明知人生裏充滿了缺陷同醜惡，却掉過頭來專向太陽照到地方注目，滿口歌頌自然人生的美，努力去忘記一切他所不願意有的事情，十九世紀末葉英國有名散文家John Brown醫生屬於這一類。還有一種人整個心給人世各種齷齪事攪亂了，對於一切虛偽，殘酷，麻木，無恥攻擊同厭惡得太利害了，彷彿世上只有毒蛇猛獸，所有歌鳥吟蟲全忘記了。斯夫特主教同近代小說家Butler都是這一類人。

他們用顯微鏡來觀察人生的斑點，弄得只看見缺陷，所以斯夫特只好瘋了。以上三種人，第一種癡人說夢，根本上就不知道人生是怎麽一囘事，第二種人躲避人生，沒有胆量正正地暸着人生，旣是缺乏勇氣，而且這樣同人生捉迷藏，也抓不到人生眞正樂趣。若使不願意看人生缺陷同醜惡，而人生缺陷同醜惡偏排在眼前，那又要怎麽好呢？第三種人詛咒人生，當他漫駡時候，把一切快樂都一筆勾銷了。只有眞眞地跑到生活裏面，把一切事都用寬大通達的眼光來細細咀嚼一番，好的自然贊美，缺陷裏頭也要去找出美點出來；或者用法子來解釋，使這缺陷不令人討厭，這種態度纔能夠使我們在人生途上受最少的苦痛，也是止血的妙方。要得這種態度，最重要的是廣大無邊的同情心。那是能夠對於人們所有舉動都明白其所以然；因爲同是人類，只要我們能夠虛心，各種人們動作，我們全能找出可原諒的地方。因爲我們自己也有做各種錯事的可能，所以更有原諒他人的必要。眞正的同情是會體貼別人的苦衷，設身處地去想一下，不是僅僅容忍就算了。用這樣眼光去觀察世態，自然只有欣歡的同情，眞摯的憐憫，博大的寬容，而只覺得一切的可愛，自己生活也增加了無限的趣味了。蘭姆是有這精神的一個人。有一回一個朋友問他恨不恨某人，他答道：『我怎麼能恨他呢？我不是認得他？我從來不能恨我認識過的人。』他年青的時候曾在一篇叫做「倫敦人」上面說：『很常當我在家覺得煩膩或者愁倦，我跑到倫敦的熱鬧大街上，任情觀察，等到我的雙頰給眼淚淌濕，因爲對着倫敦無時不有像啞劇各幕的動人擁擠的景況的同情。』在一篇雜感上他又說：『在大家全厭棄的壞人的性格上發現出好點來，這是件非常高興的事，只要找出一些同普通人相同的地方就夠了。從我知道他愛吃南野的羊肉起，我對Wilks也沒有十分壞的意見。』蘭姆不求壞人別有什麼過人地方，然後纔去原諒，止要有帶些人性，他的心立刻軟下去。他到處體貼人情，沒有時候忘記自己也是個會做錯事說錯話的人，所以他無論看什麼，心中總是春氣盎然，什麼地方都生同情，都覺有趣味，所以無往而不自得。這種執着人生，看清人生然後抱着人生接吻的精神，和中國文人逢場作戲，遊戲人間的態度，外表有些彷彿，實在骨子裏有天壤之隔。中國文人沒有挫折時，已經裝出好多身世凄涼的架子，只要稍稍磨折，就哼哼地怨天尤人，將人生打得粉碎，僅僅剩個空虛的驕傲同無聊的睥睨。那裏有蘭姆這樣看遍人生的全圓，千災百難底下，始終保持着顛撲不破的和人生和諧的精神，同那世故所不能損害毫毛的包括一切的同情心。這種大勇主義是值得贊美，值得一學的。

蘭姆既然有這麼廣大的同情心，所以普通生活零星事件都供給他極好的冥想對象，他沒有通常文學家習氣，一定要在王公大人，驚心動魄事情裏面，或者良辰美景，旖旎風光時節，要不然也由自己的天外奇思，空中樓閣裏找出文學材料，他相信天天在他面前經過的事情，只要費心去吟味一下，總可想出很有意思的東西來。所以他文章的題目是五花八門的，通常事故，由倫敦叫花子，洗煙囱小孩，燒猪，肥女人，饕餮者，窮親戚，新年一直到莎士比亞的悲劇，De Foe的二流作品，Sidney的十四行詩，Hogarth的譏笑世俗的畫，自天才是不是瘋子問題說到彩票該廢不廢問題。無論什麼題目，他只要把他的筆點綴一下，我們好像看見新東西一樣。不管是多麽乏味事情，他總會說得津津有味，使你聽得入迷。A. C. Benson 說得最好：『查理斯蘭姆將生活中最平常材料浪漫地描寫着，指示出無論是多麽簡單普通經驗也充滿了情感同滑稽，平常生活的美麗同莊嚴是他的題目。』在他書信裏也可看出他對普通生活經驗的玩味同愛好。他說：『一個小心觀察生活的人用不着自己去鑄什麽東西，「自然」已經將一切東西替我們浪漫化了。』（給Bernard Barton的信）。在他答Wordsworth請他到鄉下去逛的信上，他說：『我一生在倫敦過活，等到現在我對倫敦結得許多深厚的地方感情，同你山中人愛好呆板板的自然一樣，Strand 同 Fleet 二條大街燈光明亮的店鋪；數不盡的商業，商人，顧客，馬車，貨車，戲院，Covent 公園裏面包含的嘈雜同罪惡，窰子，更夫，醉漢鬧事，車聲；只要你晚上醒來，整夜倫敦是熱鬧的；在 Fleet 街的絕不會無聊；羣衆，一直到泥粑塵埃，射在屋頂道路的太陽，印刷鋪，舊書攤，商量價的顧客，咖啡店，飯館透出菜湯的氣，啞劇——倫敦自己就是個大啞劇院，大假裝舞蹈會——一切這些東西全影響我的心，給我趣味，然而不能使我覺得看夠了。這些好看奇怪的東西使我晚上徘徊在擁擠的街上，我常常在五光十色的大街中看這麼多生活，高興得流淚。』他還說：『我告訴你倫敦所有的大街傍道全是純金鋪的，最少我懂得一種點金術，能夠點倫敦的泥成金——一種愛在人羣中過活的心。』蘭姆眞有點泥成金的藝術，無論生活怎樣壓着他，心情多麽煩惱，他總能夠隨便找些東西來，用他精細微妙靈敏多感的心靈去抽出有趣味的點來，他嘻嘻地笑了。十八世紀的散文家多半說人的笑臉可愛，蘭姆却覺天下可愛東西非常多，他愛看洗煙囱小孩潔白的齒，倫敦街頭牆角鶉衣百結，光怪陸離的叫花子，以至倫敦街聲他以爲比什麽音樂都好聽。總而言之由他眼裏看來什麽東西全包含無限的意義，根本上還是因爲他能有普遍的同情。他這點同詩人

Wordsworth 很相像，他們同相信眞眞的浪漫情調不一定在奪目驚心的事情，而俗人俗事裏佈滿了數不盡可歌可嘆的悲歡情感。他不把幾個抽象觀念來抹殺人生，或者將人生的神奇化作腐朽，他從容不迫地好像毫不關心說這個，談那個，可是自然而然寫出一件東西在最可愛情形底下的狀況。就是 Walter Pater 在「查理斯蘭姆評傳」所說 the gayest, happiest attitude of things。因此蘭姆只覺到處有趣味，可賞玩，並且絕不至於變做灰色的厭世者，始終能夠天眞地在這碧野青天的世界歌頌上帝給我享受不盡同我們自己做出鑑賞不完的種種物事。他是這麼愛人羣的，Leigh Hunt 在自傳裏說『他甯願同一班他所不愛的人在一塊，不肯自己孤獨地在一邊，』當他姊姊又到瘋人院，家中換個新女僕，他寫信給 Bernard Barton，提到舊女僕，他感嘆着說：『責罵同吵鬧中間包含有熟識的成分，一種共同的利益——一定要認得的人纔行——所以責罵同吵鬧是屬於怨，怨這個東西同親愛是一家出來的。』一個人愛普通生活到連吵架也信做是人類溫情的另一表現，普通生活在他面前簡直變成做天國生活了。

Hazlitt 在「時代精神」The spirit of the Age 評蘭姆一段裏說：『蘭姆不高興一切新面孔，新書，新房子，新風俗，……他的情感迴注在「過去」，但是過去也要帶着人的或地方的色彩，總會深深的感動他……他是怎麼樣能幹地將衰老的花花公子用筆來渲染得香噴噴地；怎麼樣高興地記下已經冷了四十年的情史。』蘭姆實在戀着過去的骸骨，這種性情有兩個原因，一來因爲他愛一切人類的溫情。事情雖然已經過去，而中間存着的情緒還可供我們回憶。並且他太愛了人生，雖然事已煙消火滅了，他捨不得就這麼算了，免不了時時記起，拿來摩弄一番。他性情又耽好冥想，怕蹠事實，所以新的東西有種使他害怕的能力。他喜歡坐在爐邊和他姊姊談幼年事情，頂怕到新地方，住新房，由這樣對照，他更愛躲在過去的翼底下。在「伊里亞隨筆」第一篇「南海公司」

裏他說：『活的帳同活的會計使我麻煩，我不會算帳，但是你們這些死了大本的數簿——是這麼重，現在三個衰頹退化的書記要抬離開那神聖地方都不行——連着那麼多古老奇怪的花紋同裝飾的神祕的紅行——那種三排的總數目，帶着無用的圈圈——我們宗教信仰濃厚的祖宗無論什麼流水帳，數單開頭非有不可的禱告話——那種值錢的牛皮書面，使我們相信這是天國書庫的書的皮面——這許多全是有味可敬的好看東西。』由這段可以看出他避新向舊的情緒。他不止喜歡追念過去，而且因為一件事情他經歷過那不管這事情有益有害，既然同他發生關係了，好似是他的朋友，若使他能夠再活一生，他還願一切事情完全按舊的秩序遞演下去。他在「除夕」那一篇中說：『我現在幾乎不願意我一生所逢的任一不幸事會沒有發生過，我不欲改換這些事情也同我不欲更改一本結構精密小說的佈局一樣，我想當我心被亞歷斯的美麗的髮同更美麗的眼迷醉時候，我將我最黃金的七年光陰憔悴地空費過去這囘事比乾脆沒有蹦過這麽熱情的戀愛是好得多。我寧願我失丟那老都伯騙去的遺產，不願意現在有二千磅錢而心中沒有這位老奸巨滑的影子。』他愛舊書，舊房子，老朋友，舊瓷器，尤其好說過去的戲子，從前的劇場情形，同他小孩子時候逛的地方。他曾有一首有名的詩說一班舊日的熟人。

一班舊日的熟人，
我曾有一些遊侶，我曾有一班好伴，
在我孩提的時候，在我就學的時光；
一班舊日的熟人，現在完全失散。

我曾經狂笑，我曾經歡宴，
與一班心腹的朋友在深夜坐飲；
一班舊日的熟人，現在完全失散。

我曾愛着一個絕代的美人：
她的門爲我而關，她，我一定不能再見——
一班舊日的熟人，現在完全失散。

我有一個朋友，一個最好的朋友，
我曾魯莽地背棄他像個忘恩之人；
背棄了他，想到一班舊日的熟人。

我徘徊在幼年歡樂之場像個幽靈，
我不得不走徧大地的荒原，

爲了去找一班舊日的熟人。

我的心腹的朋友，你比我的兄弟更強，
你爲什麼不生在我的家中？
假使我們可以譚到舊日的熟人——

他們有的怎樣棄我，有的怎樣死亡，
有的被人奪去；所有的朋友都已分離；
一班舊日的熟人，現在完全失散。」

他說他像個幽靈徘徊在幼年歡樂之場。實在由這種高興把舊事重提的人看來，現在只是一剎那，將來是渺茫的，只有過去是安安穩穩地存在記憶，絕不會失去的寶藏。這也是他在這不斷時流中所以堅决地抓着過去的原因。

蘭姆一生逢着好多不順意的事，可是他能用飄逸的想頭，輕快的字句把很沈重的苦痛撥開了。什麼事情他都取一種特別觀察點，所以可給普通人許多愁悶怨恨的事情，他隨隨便便地不當做一回事地過去了。他有一回編一本劇叫做「H先生」，第一晚開演時候，就受觀衆的攻擊，他第二天寫信給 Sarah Stoddart 說『H先生昨晚開演，失敗了，瑪利心裏很難過。我知道你聽見這個消息一定會替我們難過。可是不要緊。我們決心不被這事情弄得心灰意嬾。我想開始戒煙，那麼我們快要富足起來了。一個呑雲吐霧的人，自然只會寫烏煙瘴氣的喜劇。』他天天從早到晚在公司辦事，但是在「牛津遊記」上他說我雖然是個書記，這不過是我一時興致，一個文人早上須要休息，最好休息的法子是機械式地記棉花，生絲，印花布的價錢，這樣工作之後去念書會特別有勁，並且你心中忽然有什麼意思，儘可以拿桌上紙條或者封面記下，做將來思索材料。他的哥哥是個自私的人，收入很好，却天天去買古畫，過舒服生活，全不管蘭姆的窮苦。蘭姆對這事不止沒有一毫怨尤，並且看他哥哥天天興高彩烈樣子，他心中也歡喜起來了。在「我的親戚」一篇文中他說：『這事情使我快活，當我早上到公司時候，在一個風和日美五月的早上，碰着他（指蘭姆哥哥）由對面走來，滿臉春風，喜氣盈洋。這種高興樣子是指示他心中預期買樣看中了的古畫。當這種時候他常常拉着我，教訓一番。說我這種天天有事非幹不可的人比他快活——要我相信他覺得無聊難過——希望他自己沒有這麼多閒暇——又向西走到市場去，口裏唱着調子——心裏自信我會信他的話——我却是無歌無調地繼續向公司走。』這種一點私見不存，只以客觀態度溫和眼光來批評事情，注意可以發噱之點，用來做微笑的資料，眞是處世最好的精神。在「查克孫上尉」一篇裏，他將這種對付不好環境的好法子具體地描寫出。查克孫一貧如洗，却無時不排闊架子，這樣子就將貧窮的苦惱全忘丟了。蘭姆說：

『他（查克孫上尉）是個變戲法者，他佈一層霧在你面前——你沒有時間去找出他的毛病。他要向你說「請給我那個銀糖鉗」，實在排在你面前只有一個小匙，而且僅僅是鍍銀的。在你還沒有看清楚他的錯誤之前，他又來擾亂你的思想，把一個茶鍋叫做茶甕，或者將凳子說做沙發。富人請你看他的家具，窮人用法子使你不注意他的寒塵東西；他既不是這樣，也不是那樣，單單自己認他身邊一切東西全是好的，使你莫明其妙到底在茅屋裏看的是什麼。什麼也沒有，他彷彿什麼都有樣子。他心中有好多財產。」當他母親死後一個禮拜，他寫信給 Coleridge 說：「我練成了一種習慣不把外界事情看重——對這盲目的現在不滿意，我努力去得一種寬大的胸懷；這種胸懷支持我的精神。」他姊姊瘋好了，他寫信給 Coleridge 說：「我決定在這塞滿了煩惱的劇，儘量得那可得到的瞬間的快樂。」他又說「我的箴言是「只要一些，就須滿足；心中却希望能得到更多」。我們從這幾段話可以看出蘭姆快樂入世的精神。他既不是以鄙視一切快樂自雄的 stoic，也不是沾沾自喜歌頌那卑鄙庸儒的滿足的人，他帶一副止血的靈藥，在荊棘上跳躍奔馳，享受這人生道上一切風光，他不鄙視人生，所以人生也始終愛撫他。所以處這使別人能夠碎心的情況之下，他居然天天現着笑臉，說他的雙關話，同朋友開開玩笑過去了。英國現在大批評家 Agustine Birrell 說：『蘭姆自己知道他的神經衰弱，同他免不了要受的可怕的一生挫折，他嚴重地拿零碎東西做他的躲難所，有意裝傻，免得過於興奮變成個瘋子了。』他從二十一歲，以後經過千濤百浪，神經老是健全，這就是他這種高明超達的生活術的成功。

蘭姆雖然使一雙特別的眼睛看世界上各種事情，他的道德觀念却非常重。他用非常誠懇態度採取道德觀念，什麽事情一定要尋根到底赤裸裸地來審察，絕不容有絲毫僞君子成分在他心中。也是因爲他對道德態度是忠實，所以他又常主張我們有時應當取一種無道德態度，把道德觀念撇開一邊不管，自由地來品評藝術同生活。僞君子們對道德沒有眞眞情感，只有一副架子，記着幾句口頭禪，無處不說他的套語，一時不肯放鬆將道德存起來，這是等於做賊心虛，更用心保持他好人的外表，偸漢寡婦偏會說貞節一樣。只有自己問心無愧的人纔敢有時放了道德的嚴肅面孔，同大家痛快地毫無拘管地說笑。在他那「沙士比亞同時戲劇家評選」裏他說：

「霸佔近代舞台的乏味無聊抹殺一切的道德觀念把戲中可贊美的熱烈情感排斥去盡了，一種淸教徒式的感情遲鈍，一種傻子低能的老實漸漸盤繞我們胸中，將舊日戲劇作家給我們的強烈的情感同眞眞有肉有血生氣勃勃的道德趕走了，……我們現在什麽都是虛僞的順從。」所以他愛看十八世幾個喜劇家Congreve, Farquhar Wycherley等描寫社會的喜劇。他曾說：『眞理是非常寶貴的，所以我們不要亂用眞理。』因爲他寶貴道德，他才這麽不亂任用道德觀念，把牠當作不値一句錢的東西亂花。蘭姆不怎麽尊重傳統道德觀念，他的觀念近乎尼采，他相信有力氣做去就是善，柔弱無能對付了事處處用盾牌的是惡，這話似乎有些言之過甚，不過實在是如此。我們讀蘭姆不覺得念查拉撒斯圖拉如此說地針針見血，那是因為蘭姆用他的詼諧同古怪的文體蓋住了好多驚人的意見。在他「兩種人類」那篇上，他贊美一個靠借錢為生，心地潔白的朋友。這位朋友豪爽英邁，天天東拉西借，壓根兒就沒有你我之分，有錢就用，用完再借，由蘭姆看起來他這種痛快情懷比個規規矩矩的人高明得多。他那篇最得所謂英國第一批評家Hazlitt擊節嘆賞的文章「戰太太對於紙牌的意見」用使人捧腹大笑的筆墨說他這種做得痛快就是對的理論。他覺得叫花子非常高尚，平常人都困在各種虛榮高低之內，惟有叫花子超出一切比較之外，不受什麽時髦禮節習慣的支配，赤條條無牽掛，所以他把叫花子尊稱做「宇宙間惟一的自由人。」英國習慣每餐都要先感謝上帝，蘭姆想我們要感謝上帝地方多得很，有 Milton 可念也是個要感謝的事情，何必專限在飯前，再加上那時候饞涎三尺，那裏有心去謝恩，所食東西又是煮得講究，不是僅僅作維持生命用，謝上帝給我們奢侈縱我們口慾，確在是不大對的。所以他又用滑稽來主張廢止。他在「傻子日」裏說，『我從來沒有一個交誼長久或者靠得住的朋友，而不帶幾分傻氣的，……心中一點傻氣都沒有的人，心裏必有一大堆比傻還壞的東西。』這兩句話可以包括他的倫理觀念。蘭姆最怕拉長面孔，說道德的，我們却嚕囌地說他的道德觀念，實在對不起他，還是趕快談別的罷。

法國十六世紀散文大家，近世小品文鼻祖 Montaigne 在他小品文集(Essays)序上說：『我想在這本書裏描寫這個簡單普通的眞我，不用大言，說假話，弄巧計，因爲我所寫的是我自己。我的毛病要纖毫畢露地說出來，習慣允許我能夠坦白說到那裏，我就寫這自然的我到那地步。』蘭姆是 Montaigne 的嫡系作家。他文章裏十分之八九是說他自己，他老實地親信地告訴我們他怎麼樣不能了解音樂，他的常識是何等的缺之，他多麽怕死，怕鬼，甚至於他怎樣怕自己會做賊偸公司的錢，他也毫不遮飾地說出。他曾說他的文章用不着序，因爲序是作者同讀者對談，而他的文章在這個意義底下全是序。他談自己七零八雜事情所以能夠這麽娓娓動聽，那是靠着他能夠在說閒話時節，將他全性格透露出來，使我們看見眞眞的蘭姆。誰不願意聽別人心中流露出的眞話，何況講的人又是個和藹可親溫文忠厚的蘭姆。他外面又假放好多筆名同杜撰的事，這不過一層薄霧，爲的蘭姆到底是害羞的人，文章常用七古八怪的別號，這麽一反照，更顯出他那眞摯誠懇的態度了。蘭姆最贊美懶惰，他曾說人類本來狀況是遊手好閒的，亞當墮落後纔有所謂工作。他又說：『實在在一個人所能做的最好的事情是什麼也不幹，次一等纔是——好工作。』你那一篇「衰老的人」是個贊美懶惰的福音。比起Stevenson的「懶惰漢的辯詞」更妙得多，我們讀起來一個愛閒暇怕工作的蘭姆活現眼前。

蘭姆著作不大多，最重要是那投稿給「倫敦雜誌」，借伊里亞Elia名字發表的絮語文五十餘篇，後來集做兩卷，就是現在通行的「伊里亞小品文」The Essays of Elia同「伊里亞小品文續編」The Last Essays of Elia。伊里亞是南海公司一個意大利書記，蘭姆借他名字來發表，他的文體是模倣十七世紀

Fuller, Browne同別的伊里沙伯時代作家，所以非常古雅蘊藉。此外他編一本莎士比亞同時代戲劇作家選集，還加上批評，這本書關於十九世紀對伊利沙伯時代文學興趣之復燃，大有關係。他的批評，吉光片羽，字字珠璣，雖然只有幾十頁，是一本重要文獻。他選這本書的目的，是將伊利沙伯時代人的道德觀念呈現在讀者面前，所以他的選本一直到現在還是風行的。他還有批評莎士比亞悲劇同Hogarth的畫的文章。此外他同瑪利將莎士比亞劇編作散文古事，盡力保存原來精神。他對伊利沙伯朝文學既然有深刻的研究，所以這本莎氏樂府本事，還能充滿了劇中所有的情調色彩，這是牠能夠流行的原因。蘭姆做不少的詩同一兩編戲劇，那都是不重要的。他的書信却是英國書信文學中的傑作，其價值不下於Cowper Southey, Cray Fitzerald的書牘，他那種纏綿深情同靈敏心懷在那幾百封信裏表現得非常淸楚。他好幾篇好文章「兩種人類」，「新同舊的教師」，「衰老的人」等差不多全由他信脫胎出來。他寫信給Southey說：『我從來沒有根據系統判斷事情，總是執着個體來理論，』這兩句話可以做他一切著作的註脚。

蘭姆傳以Ainger做得最好，Ainger說：他是個利己主義者——但是一個沒有一點虛榮同自滿的利己主義者——一個剎去了嫉妒同惡脾氣的利己主義者。這眞是蘭姆一生最好的考語。

近代專研究蘭姆，學蘭姆的文筆的 Lucus 說「蘭姆重新建設生活，當他改建時節，把生活弄得尊嚴內容豐富起來了。」

十七年一月，北大西齋

文學與人生

在普通當作教本用的文學概論批評原理這類書裏，開章明義常說文學是一面反映人生最好的鏡子，由文學我門可以更明白地認識人生。編文學概論這種人的最大目的在於平妥無疵，所以他的話老是不生不死似是而非的，念他書的人也半信半疑，考試一過早把這些套話丟到九霄雲外了；因此這般作者居然能夠無損於人，有益于己地寫他那不冷不熱的文章。可是這兩句話却特別有效力，凡是看過一本半册文學概論的人都大聲地嚷着由文學裏我門可以特別明白地認識人生。言下之意自然是人在世界上所最應當注意的事情無過於認清人生，文學既是認識人生惟一的路子，那麼文學在各種學術裏面自然坐了第一把交椅，學文學的人自然……。這並不是念文學的人虛榮心特別重，那個學歷史的人不說人類思想行動不管古今中外全屬歷史範圍；那個研究哲學的學生不睥睨地說在人生根本問題未解决以前，宇宙神祕還是個大謎時節，一切思想行動都找不到根據。法科學生說人是政治動物；想做醫生的說，生命是人最重要東西；最不愛丟文的體育家也忽然引起拉丁說健全的思想存在健全的身體裏。中國是農業國家這句老話是學農業的人的招牌，然而工業學校出身者又在旁微笑着說「現在是工業世界」。學地質的說沒有地球，安有我們。數學家說遠些，把 Protagoras 抬出說數是宇宙的本質，講近些引起羅素數理哲學。就是温良恭儉讓的國學先生們也說要讀書必先識字，要識字就非跑到什麼說文戴東原書裏去過活不可。與世無涉，志干青雲的天文學者嘖嘖讚美宇宙的偉大，可憐地球的微小，人世上各種物事自然是不肯去看的。孔德排起學術進化表來，把他所創設的社會學放在最高地位。拉提琴的人說音樂是人類精神的最高表現。總而言之，統而言之，這塊精神世界的地盤你爭我奪，誰也睜着眼睛說「請看今日之域中，究是誰家之天下。」然而對這種事也用不着悲觀。風流文雅的王子不是在幾千年前說過「文人相輕，自古已然」。可惜這種文力統一的夢始終不能實現，恐怕是永久不能實現。所以還是打開天窗說亮話罷。若使有學文學的伙計們說這是長他人意氣，滅自己威風，則只有負荊謝罪，一個辦法；或者拉一個死鬼來挨駡。在 Conrad 自己認爲最顯露地表現出他性格的書，「人生與文學」Notes on Life and Letters 裏，他說：『文學的創造不過是人類動作的一部分，若使文學家不完全承認別的更顯明的動作的地位，他的著作是沒有價値的。這個條件，文學家，——特別在年青時節——很常忘記，而傾向於將文學創造算做比人類一切別的創作的東西都高明。一大堆詩文有時固然可以發出神聖的光芒，但是在人類各種努力的總和中佔不得什麼特別重要的位置。』Conrad 雖然是個對於文學有狂熱的人，因爲他是水手出身，沒有進過文學講堂，所以說話還保存些老舟子的直爽口吻。

文學到底同人生關係怎麼樣？文學能夠不能夠，絲毫畢露地映出人生來呢？大概有人會說浪漫派捕風捉影，在空中建起八寶樓台，痴人說夢，自然不能同實際人生發生關係。寫實派脚踏實地，靠客觀的觀察，來描寫，自然是能夠把生活畫在紙上。但是天下實在沒有比這個再錯的話。文學無非敍述人的精神經驗（述得確實不確實又是一個問題），色慾利心固然是人性一部分，而向渺茫處飛翔的意志也是構成我們生活的一個重要成分。夢雖然不是事實，然而總是我們做的夢，所以也是人生的重要部分。天下不少遠望着星空，雖然走着的是泥濘道路的人，我們不能因爲他滿身塵土，就否認他是愛慕閃閃星光的人。我們只能說夢是與別東西不同，而不能否認牠的存在，寫夢的人自然可以算是寫人生的人。

Hugo說過『你說詩人是在雲裏的，可是雷電也是在雲裏的。』世上沒有人否認雷電的存在，多半人却把詩人的話，當做鏡花水月。當什麼聲音都沒有的深夜裏，清冷的月色照着曠野同山頭，獨在山脚下徘徊的人們免不了會可憐月亮的凄涼寂寞，望着眠在山上的孤光，自然而然想月亮對於山谷是有特別情感的。這實是人們普通的情緒，在我們生活中佔有重要位置的。Keats用他易感的心靈，把這情緒具體化利用希臘神話裏月亮同牧羊人愛情故事，歌詠成他第一首長詩Endymion。好多追蹤理想的人一生都在夢裏過去，他們的生活是夢的，所以只有渺茫燦爛的文字纔能表現出他們的生活。Wordsworth說他少時常感覺到自己同宇宙是分不開的整個，所以他有時要把牆摸一下，來使他自己相信有外界物質的存在；普通人所認爲虛無鄉，在另一班看來到是惟一的實在。無論多麽實事求是抓着現在的人晚上也會做夢的。我們一生中一半光陰是做夢，而且還有白天也做夢的。浪漫派所寫的人生最少也是人生的大部分，人們却偏說是無中生有，這也是無可奈何的事。但是我們雖然承認浪漫文學不是鏡裏自己生出來的影子，是反映外面東西，我們對牠照得精確不，却大大懷疑。可是所謂寫實派又何曾是一點不差的描摹人生，作者的個人情調雜在裏面絕不會比浪漫作家少。法國大批評家Amiel說，『所謂更客觀的作品不過是一個客觀性比別人多些的心靈的表現，就是說他在事物面前能夠比別人更忘記自己；但是他的作品始終是一個心靈的表現』曼殊斐兒的丈夫Middleton

Murray在他的「文體問題」"The Problem of Style"裏說，「法國的寫實主義者無論怎樣拚命去壓下他自己的性格，還是不得不表現出他的性格。只要你眞是個藝術家，你絕不能做一個沒有性格的文學藝術家。』眞的，不止浪漫派作家每人都有一個特別世界排在你眼前，寫實主義者也是用他的藝術不知不覺間將人生的一部分拿來放大着寫。讓我們揀三個藝術差不多，所寫的人物也差不多的近代三個寫實派健將Maupassant, Chekhov,Bennett來比較。Chekhov有俄國的Maupassant這個外號，Bennett在他「一個文學家的自傳」The Truth alout an Auther裏說他曾把 Maupassant 當作上帝一樣崇拜，他的傑作是讀了

Maupassant的『一生』Une Vie 引起的。他們三個既然於文藝上有這麼深的關係，若使寫實文學眞能超客觀地映出人生，那麼這三位文豪的著作應當有同樣的色調，可是細心地看他們的作品，就發現他們有三個完全不同的世界。Maupassant冷笑地站在一邊袖手旁觀，毫無同情，所以他的世界是冰冷的；Chekhov的世界雖然也是灰色，但是他却是有同情的，而他的作品也比較地温暖些，有時憐憫的眼淚也由這隔江觀火的世態旁觀者眼中流下。Bennett描寫製陶的五鎮人物更是懷着滿腔熱血，不管是怎麼客觀地形容，烏托邦的思想不時還露出馬脚來。由此也可見寫實派絕不能脫開主觀的，所以三面的鏡子，現出三個不同的世界。或者有人說他們各表現出人生的一面，然而當念他們書時節我們眞眞覺得整個人生是這麼一回事；他們自己也相信人生本相這樣子的。說了一大陣，最少總可證明文學這面鏡子是凸凹靠不住的，而不能把人生絲毫不苟地反照在上面。許多厭倦人生的人們，居然可以在文學裏找出一塊避難所來安慰，也是因爲文學裏的人生同他們所害怕的人生不同的緣故。

假設文學能夠誠實地映出人生，我們還是不容易由文學裏知道人生。紙上談兵無非是秀才造反。Tennyson 有一首詩 The Lady of Shalott 很可以解釋這一點。詩裏說一個住在孤島之貴女，她天天織布，布機杼前面安一個鏡，照出河岸上一切遊人旅客；她天天由鏡子看到島外的世界，孤單地將所看見的小女，武士，牧人，僧侶，織進她的布裏。她不敢回頭直接去看，因爲她聽到一個預言說她一停着去賞玩河岸的風光，她一定會受罰。在月亮當頭時她由鏡裏看見一對新婚伴侶沿着河岸散步，她悲傷地說『我對這些影子眞覺得厭倦了。』在晴朗的清晨一個盔甲光輝奪目的武士騎着驕馬走過河旁，她不能自主地轉過對着鏡子走，去望一望。鏡子立刻碎了，她走到島旁，看見一個孤舟，在黃昏的時節她坐在舟上，任河水把她飄蕩去，口裏唱着哀歌慢慢地死了。Tennyson自己說他這詩是象徵理想碰着現實的滅亡。她由鏡裏看人生，雖然是影像分明，總有些霧裏看花，一定要離開鏡子，走到窗旁，纔嘗出人生眞眞的味道。文學最完美時候不過像這面鏡子，可是人生到底是要我們自己到窗子向外一望纔能明白的。有好多人我們不願見他們跟他們談天，可是書裏無論怎樣窮凶極惡，奸巧利詐的小人，我們却看得津津有味，差不多捨不得同他們分離，彷彿老朋友一樣。讀Othello的人對Iago的死，雖然心裏是高興的，一定有些惆悵，因爲不能再看他弄詭計了。讀Dickens書，我記不清Oliver Twist, David Copperfield Nicholas Nickleby的性格，而慈幼院的女管事；Uriah Heep同

Nicholas Nickleby的叔父是壞得有趣的人物，我們讀時，又恨他們，又愛看他們。但是若使眞眞在世界上碰見他們，我們眞要避之惟恐不及。在莎士比亞以前流行英國的神話劇中，最受觀衆歡迎的是魔鬼，然而誰眞見了魔鬼不會飛奔躱去。

文學同人生中間永久有一層不可穿破的隔膜。大作家往往因爲對於人生太有興趣，不大去念文學書，或者也就是因爲他不怎麼給文學迷住，或者不甚受文學影響，所以眼睛還是雪亮的，能夠看淸人生的廬山眞面目。莎士比亞只懂一些拉丁，希臘文程度更糟，然而他確是看透人生的大文豪。Ben Jonson博學廣覽，做戲曲時常常掉書袋，很以他自己的學問自雄，而他對人生的了解是絕比不上莎士比亞。Walter Scott天天打獵，招呼朋友，Washington Irvings奇怪他那裏找到時間寫他那又多又長的小說，自然更談不上讀書，可是誰敢說Scott沒有猜透人生的啞謎。Thackeray懷疑小說家不讀旁人做的小說，因茶點店伙計是愛吃飯而不喜歡茶點的。Stevenson在「給青年少女」Virginibus Puerisque裏說「書是人生的沒有血肉的代替者。」醫學中一個大難關是在不能知道人身體實在情形。我們只能解剖死人，死人身裏的情形同活人自然大不相同。所以人身裏眞眞狀況是不能由解剖來知道的。人生是活人，文學不過可以算死人的肢體，Stevenson這句無意說的話剛剛合式可以應用到我們這個比喻。所以眞眞跑到人生裏面的人，就是自己作品也無非因爲一時情感順筆寫去，來表現出他當時的心境，寫完也就算了，後來不再加什麼彫琢功夫。甚至於有些是想發財，纔去幹文學的，莎士比亞就是個好例。他在倫敦編劇發財了，囘到故鄉作富家翁，把什麼戲劇早已丟在字紙簏中了。所以現在教授學者們對於他劇本的文字要爭得頭破血流，也全因爲他沒有把自己作品看得是個寶貝，好好保存着。他對人生太有趣味，對文學自然覺得是隔靴搔癢。就是Steele, Goldsmith也都是因爲天天給這光怪陸離的人生迷住，高興地喝酒，賭錢，穿漂亮衣服，看一看他們身旁五花八門的生活，他們簡直沒有心去推敲字句，注意佈局。文法的錯誤也有，前後矛盾地方更多。他們是人生舞台上的健將，而不是文學的家奴。熱情的奔騰，辛酸的眼淚充滿了他們的字裏行間。但是文學的技巧。修辭的把戲他們是不去用的。雖然有時因爲情感的關係文字個變非常動人。Browning對於人生也是有具體的了解，同強度的趣味，他的詩却是一做完就不改的，只求能夠把他那古怪的意思達到一些，別的就不大管了。弄得他的詩念起來令人頭昏腦痛。有一回人家找他解釋他自己的詩，這老頭子自己也不懂了。總而言之，他們知道人生內容的複雜，文學表現人生能力微少。所以整個人浸於人生之中，對文學的熱心趕不上他們對人生那種欣歡的同情。只有那班不大同現實接觸，住在鄉下，過完全象牙塔生活的人，或者他們的心給一個另外的世界鎖住，纔會做文學的忠實信徒，把文學做一生的惟一目的，始終在這朦朧境裏過活，他們的靈魂早已脫離這個世界到他們自己織成的幻境去了。Hawthorne 與早年的 Tennyson 全帶了這種色彩。一定要對現實不大注意，被藝術迷惑了的人纔會把文學看得這麼重要，由這點也可以看出文學同人生是怎樣地隔膜了。

以上只說文學不是人生的鏡子，我們不容易由文學裏看清人生。「王爾德」却說人生是文學的鏡子，我們日常生活思想所受藝術的支配比藝術受人生的支配還大。但是「王爾得」的話以少引爲妙，恐怕人家會拿個唯美主義者的招牌送來，而我現在衣鈕上却還沒有帶一朶凋謝的玫瑰花。並且他這種意思在「扯謊的退步」裏說得漂亮明白，用不着再來學舌。還是說些文學對着人生的影響罷。

「法朗士」說『書籍是西方的鴉片。』這話眞不錯，文學的麻醉能力的確不少，鴉片的影響是使人懶洋洋地，天天在幻想中糊塗地銷磨去，什麽事情也不想幹。文學也是一樣地叫人把心擱在虛無縹緲間，看着理想的境界，有的沉醉在裏面，有的心中懷個希望想去實現，然而想像的事總是不可捉摸的，自然無從實現，打算把夢變做事實也無非是在夢後繼續做些希望的夢罷！因此對於現實各種的需求減少了，一切做事能力也軟弱下去了。憧憬地度過時光無時不在企求什麼東西似地，無時不是任一去不復的光陰偷偷地過去。爲的是他已經在書裏嘗過人所不應當嘗的強度鹹酸苦甜各種味道，他對於現實只覺乏味無聊，不值一顧。讀 Romeo and Juliet 後反不想做愛情的事，非常悲哀時節念些輓歌到可以將你酸情安慰。讀 Bacon 的論文集時候，他那種敎人怎樣能夠於政治上得到權力的話使人厭倦世俗的富貴。不管是爲人生的文學也好，爲藝術的文學也好，寫實派，神祕派，象徵派，唯美派⋯⋯文學裏的世界是比外面的世界有味得多。只要踏進一步，就免不了喜歡住在這趣味無窮的國土裏，漸漸地忘記了書外還有一個宇宙。本來眞幹事的人不講話，口說蓮花的多半除嘴外沒有別的能力。天下最常講愛情者無過於文學家，但是古往今來爲愛情而犧牲生命的文學家，幾乎找不出來。Turgeniev深深懂得念文學的靑年光會說愛情，而不能夠心中眞眞地燃起火來，就是點着，也不過是暫時的，所以在他的小說裏他再三替他的主人翁說沒有給愛情弄得整夜睡不着。要做一件事，就不宜把牠拿來瞎想，不然想來想去，越想越有味，做事的雄心力氣都化了。老年人所以萬念俱灰全在看事太透，青年人所會英氣勃勃，靠着他的盲目本能。Carlyle覺得靜默之妙，做了一篇讀起來音調雄壯的文章來讚美，這個矛盾地方不知道這位氣吞一世的文豪想到沒有。理想同現實是兩個隔絕的世界，誰也不能夠同時候在這兩個地方住。荷馬詩裏說有一個島，中有仙女(Siren)她唱出歌來，水手聽到迷醉了，不能不向這島駛去，忘記回家了。又說有一個地方出產一種蓮花，人聞到這香味，吃些花粉，就不想回到故鄉去，願意老在那裏滯着。這仙女同蓮花可以說都是文學象徵。

還沒有涉世過僅僅由文學裏看些人生的人一同社會接觸免不了有些悲觀。好人壞人全沒有書裏寫的那麼有趣，到處是硬板板地單調無聊。然而當嘗盡人海波濤後，或者又回到文學，去找人生最後的安慰。就是在心灰意懶時期，文學也可以給他一種鼓舞，提醒他天下不只是這麼一個糟糕的世界，使他不會對人性生了澈底的藐視。法朗士說若使世界上一切實情，我們都知道清楚，誰也不願意活着了。文學可以說是一層薄霧，蓋着人生，叫人看起不會太失望了。不管作家書裏所謂人生是不是眞的，他們那種對人生的態度是值得讚美模倣的。我們讀文學是看他們的偉大精神，或者他們的看錯人生處正是他們的好處，那麼我們也何妨跟他走錯呢，Marcus Aurelius 的宇宙萬事先定論多數人不能相信，但是他的堅忍質樸逆來順受而自得其樂的態度使他的冥想錄做許多人精神的指導同安慰。我們這樣所得到的大作家倫理的見解比僅爲滿足好奇心計那種理智方面的明白人生眞相却勝萬萬倍了。

十七年二月於北大西齋

寄給一個失戀人的信（二）

秋心：在我心境萬分沉悶時候，接到你由艷陽的南方來的信，雖然只是潦草幾行，所說的又是凄涼酸楚的話，然而我眉開眼笑起來了。我不是因爲有個煩惱伴侶，所以高興。眞眞嘗過愁緒的人，是不願意他的朋友也挨這刺心的苦痛。那個躺在床上呻吟的病人，會願意他的家人來同病相憐呢？何况每人有自各的情緒，天下絕找不出同樣煩悶的人們。可是你的信，使我回憶到我們的過去生活；從前那種天眞活潑充滿生機的日子却從時光寶庫裏發出燦爛的陽光，我這徬徨悵惘的胸懷也反照得生氣勃勃了。

你信裏很有流水年華，春花秋謝的感想。這是人們普遍都感到的。我還記得去年讀 Arnold Bennett 的 The Old Wives' Tale 最後幾頁的情形。那是在個靜悄悄的冬夜，電燈早已暗了，燭光閃着照那已熄的火爐。書中是說一個老婦人在她丈夫死去那夜的悲哀。「最感動她心的是他曾經年青過，漸漸的老了，現在是死了。他一生就是這麼一回事。青春同壯年總是這麼結局。什麼事情都是這麼結局。」Bennett 到底是寫實派第一流人物，簡簡單單幾句話把老寡婦的心事寫得使我們不能不相信。我當時看完了那末章，覺有個說不出的失望，癡癡的坐着默想，除了渺茫，慘淡，單調，無味，……幾個零碎感想外，又沒有什麽別的意思。以後有時把這些話來咀嚼一下，又生出贊美這青春同逝水一般流去了的想頭。假使世上眞有駐顏的術，不老的丹，Oscar Wilde的Dorian Gray的夢眞能實現，每人都有無窮的青春，那時我們的苦痛比現在恐怕會多得好些，另外有「青春的悲哀」了。本來青春的美就在牠那種蜻蜓點水燕子拍綠波的同我們一接近就跑去這一點。看着青春的易逝，纔覺得青春的可貴，因此也更想能夠在這一去不返的瞬間裏得到無窮的快樂。所以在青春時節我們特別有生氣，一顆心彷彿是淸早的園花，張大了瓣吸收朝露。

青春的美大部分就存在着這種努力享樂惟恐不及生命力的跳躍。若使每人前面全現一條不盡的花草繽紛的青春的路，大家都知道青春是常住的，沒有誤了青春的可怕，誰天天也懶洋洋起來了。青春給我們一抓到，牠的美就失去了，同肥皂泡子相像，只好讓牠在空中飛翔，將青天紅樓全縮映在圓球外面，可是我們的手一碰，立刻變爲烏有了。

就說是對這呆板不變的青春，我們仍然能夠有些贊賞，不斷單調的享樂也會把人弄煩膩了，天下沒整天吃糖口胃不覺難受的人。而且把青春變成家常事故，牠的浪漫飄渺的美麗也全不見了。本來人活着精神物質方面非動不可，所以在對將來抱着無限希望同搥心跌脚追悔往事，或者回憶從前黃金時代這兩個心境裏，生命力是不停地奔馳，生活也覺得豐富，而使精神停住來享受現在是不啻叫血管不流一般地自殺政策，將生命的花弄枯萎了。不同外河相通的小池終免不了變成穢水，不同別人生同情的心總是枯涸無聊。沒有得到愛的少年對愛情是讚美的，做黃金好夢的戀人是充滿了欣歡，失戀人同結婚不得意的人在極端失望裏爆發出一線對愛情依依不捨的愛戀，和鳳凰燒死後又振翼復活再度幼年的時光一樣。只有結婚後覺得滿意的人是最苦痛的，他們達到日日企望的地方，却只覺空虛漸漸的漲大，說不出所以然來，也想不來一個比他們現狀再好的境界，對人生自然生淡了，一切的力氣免不了麻痺下去。人生最怕的是得意，使人精神廢弛一切灰心的事情無過於不散的筵席。你還記得前年暑假我們一塊划船談 Wordsworth 詩的快樂罷？那時候你不是極讚美他那首 Yarrow Unvisited 說我們應當不要走到盡頭，高聲地唱：

"'Twill soothe us in our sorrow,
That earth has something yet to show,
The bonny holms of Yarrow!"

青春之所以可愛也就在牠給少年以希望，贈老年以惆悵（安慰人的能力同希望差不多，比心滿意足，登高山灑幾滴亞歷山大的淚的空虛是好萬萬倍了。）好多人埋怨青春騙了我們，先允許我們一個樂園，後來毫不踐言只送些眼淚同長歎。然而這正是青春的好處，牠這樣子供給我們活氣，不至於陷於頹償了的無爲。希望的妙處全包含在牠始終是希望這樣事裏面，若使每個希望都化做鐵硬的事實，那樣什麼趣味一筆勾消了的世界還有誰願意住嗎？所以年青人可以唱戀愛的歌，失戀人同死了愛人的人也做得出很好失望（希望的又一變相，骨子裏差不多的東西）同悼亡的詩，只有那在所謂甜蜜家庭兩人互相妥協着的人們心靈是化作灰燼。Keats在情詩中歌頌死同日本人無緣無故地相約情死全是看清楚此中奧妙後的表現。他們只怕青春的長留着，所以用死來劃斷這青春黃金的線。這般情感銳敏的人若生在青春常住的世界，他們的受難眞不是言語所能說。這些話不是我有意要慰解你纔說的，這的確我自己這麼相信。春花秋謝，誰看着免不了嗟嘆。然而假設花老是這麼嬌紅欲滴的開着，春天永久不離大地。這種彫刻似的死板板的美景更會令人悲傷。因爲變更是宇宙的原則，也可算做賞美中一般重要成分。並且春天既然是老滯在人間，我們也跟着失丟了每年一度歡迎春來熱烈的快樂。由美神經靈敏人看來，殘春也別有牠的好處，甚至比豔春更美，爲的是裏面帶種衰頹的色調，互相同春景對照着，十分地顯出那將死春光的欣欣生意。夕陽所以「無限好」，全靠着「近黃昏」。讓曾眼過去的青春長留個不滅的影子在心中，好像Pompeii廢墟，刼後餘燼，有人却覺得比完整建築還好。若使青春的失丟，眞是件慘事，倚着枴杖的老頭也不會那麼笑嘻嘻地說他們的往事了。

十七年三月二日。

文藝雜話

『美就是眞，眞就是美，』這是開茨那首有名詠一個希臘古甕詩最後的一句。凡是談起開茨，免不了會提到這名句，這句話龜眞是能夠簡潔地表現出開茨的精神。但是一位有名的批評家在牛津大學詩學講堂上却說開茨這首五十行詩，前四十幾行玲瓏精巧，沒有一個字不妙，可惜最後加上那人人都知道的二行名句。

"Beauty is truth, truth beauty,"—that is all
Ye know on earth, and all ye need to know,"

并不是這兩句本身不好，不過和前面連接不起，所以雖然是一對好句，却變做全詩之累了。他這話說得眞有些道理。只要細心把這首百讀不厭的詩吟詠幾遍之後，誰也會覺得這詩由開頭一直下來，都是充滿了簇新的想像，微妙的思想，沒有一句陳腐的套語，和慣用的描寫，但是讀到最後兩句時，逃不了感到一種說不出的失望，覺得這麽燦爛希奇的描寫同幻想，就只能得這麽一個結論嗎？念的回數愈多，愈相信這兩句的不合式。開茨是個批評觀念非常發達的人，用字鍛句，絲毫不苟，那幾篇 Ode 更是他嘔心血做的，爲什麽這下會這麽大意呢？我只好想出下面這個解釋來。開茨確是英國唯美主義的先鋒，他對美有無限的尊重，這或者是他崇拜希臘精神的結果。所以這句『美就是眞，眞就是美，』確是他心愛的主張。爲的要發表他的主義，他情願把一首美玉無瑕的詩，犧牲了——實在他當時只注意到自己這種新意見，也沒有心再去關照全詩的結構了。開茨是個咒罵理智的人，在蛇女(Lamia)那首長詩裏他說：

"That but a moment's thought is passion'spassing bell"

然而他這回到甘心讓詩的精神來跪在哲學前面，做個唯理智之命是從的奴隸。由這裏也可以看到自己的主張太把持着心靈時候，所做的文學總有委曲求全的色彩。所以我對於古往今來那班帶有使命的文學，常抱些無謂的杞憂。

凡是愛念 Wordsworth 的人一定記得他那五六首關于露茜(Lucy)的詩。那種以極簡單明瞭的話表出一種刻骨鏤心的情，說時候又極有藝術裁制(Restraint)的能力，僅僅輕描淡寫，已經將死了愛人的悲哀的焦點露出，誰念着也會動心。可是這老頭子雖然有這麽好描寫深情的天才，在他那本頁數旣多，字印得又小的全集裏，我們却找不出十首歌頌愛情的詩。有一回 Aubrey de Vere 問他爲什麽他不多做些情詩，他回答，『若使我多做些情詩，我寫時候，心中一定會有強度的熱情，這是我主張所不許可的。』我們知道 Wordsworth 主張詩中間所含的情調要經過一囘冷靜心境的溶解，所以他反對心中只充滿些強烈的情緒時所做的情詩。固然因為他照着這種說法寫詩，他那好多贊美自然的佳句，意味纔會那麼雋永，值得細細咀嚼，那種囘甘的妙處眞是無窮。但是因此我們也失丟了許多一往情深詞句摯樸的好情詩。Wordsworth 這種學究的態度眞是自害不淺，使我們深深地覺到創造絕對自由的需要。

說到這裏，我們自然而然聯想到託爾斯泰。託翁寫實本領非常高明，他描狀的人物情境都能有使人不得不相信的妙處。但是他始終想把文學當傳佈思想的工具，有時硬將上帝板板的主張放在絕妙的寫實作品中間，使讀者在萬分高興時節，頓然感到失望。所以 Saintsbury 說他沒有一篇完全無瑕的作品。我記得從前讀托爾斯泰一篇小說，中間述一個豪爽英邁的強盜在森林中殺人刼貨，後來被一個教士感化了，變成個平平常常的好人了。當這教士頭一次碰着這強盜時節，『偺是個強盜』強盜拉住了韁說，『我大道上騎馬，到處殺人；我殺得人越多，我唱的歌越是高興。』誰念了這段，不會神往於馳騁風沙中，飛舞着刀，唱着調兒的綠林好漢，而看出這種人生活裏的美處。托爾斯泰有那種天才，把強盜的心境說得這麼動人，可惜他又帶進來個教士，將這篇像十七八世紀西班牙英法述流氓小說的好作品，變做十九，二十世紀傳單化的文學了。但是不管托翁怎樣蹂躪自己的天才，他的小說還是不朽的東西，仍然有能力吸引住成千成萬的讀者，這也可以見文學的能力到底是埋在心的最深處，決非主張等等所能毀滅，充其量不過是減些光輝，使讀者在無限贊美中，有一種說不出的惆悵罷。

十七年四月十日北大西齋。

醉中夢話（二）

一，「才子佳人信有之」

才子佳人，是一句不時髦的老話。說來也可憐得很，自從五四以後，這四個字就漸漸倒霉起來，到現在是連受人攻擊的資格也失掉了。僥倖才子佳人這兩位寶貝却並沒有滅亡，不過搖身一變，化作一對新時代的新人物：文學家和安琪兒。才子是那口裏說「鍾情自在我輩」，能用彩筆做出相思曲和定情詩的文人。文學家是那在心絃上深深地印着她的倩影，口裏哼着我被愛神的箭傷了，筆下寫出長長短短高高低低的情詩的才子。至於佳人卽是安琪兒，這事連小學生都知道了，用不着我來贅言。總而言之，統而言之，昔日的才子和當今的文學家都是旣能做出哀感頑豔的情詩，自己又是一個一往情深的多情種子。

我却覺得人們沒有這麽萬能，「自然」好像總愛用分工的原則，有些人她給了一個嘴，口說蓮花，可是別無所能，什麽事情也不會幹，當然不會做個情感眞摯的愛人，這就是昔日之才子，當今的文學家。眞眞幹事的人不說話，只有那不能做事的孱弱先生纔會袖着手大發牢騷。眞眞的愛人在她樂時節和情人拈花微笑，兩人靜默着；失戀時候，或者自殺，或者胡塗地每天混過去，或者到處瞎鬧，或者……但是絕沒有閒情逸致，搖着頭做出情詩來。人們總以爲英國的拜倫，雪萊，濟慈是中國式的才子，又多情，又多才。我却覺得拜倫是一個只會擺那多情的臭架子的紈袴公子。雪萊只是在理想界中憧憬着，根本就和現實世界沒有接觸，多次的結婚離婚無非是要表現出他敢於反抗社會庸俗的意見。濟慈只想嘗遍人生各種的意味，他愛愛情，因爲愛情可以給我們很大的刺激，內裏包含有鹹酸苦辣諸味，他何曾眞愛他的愛人呢？最會做巧妙情詩的 Robert Herrick 有一次做首坦白的自敍詩，題目是 Upon Himself，中間有幾段，讓我抄下來罷！

I could never love in deed;
Never see mine own heart bleed;
Never crucify my life;
Or for widow, maid, or wife.
……………………………………
I could never break my sleep,
Fold my arms, sob, sigh, or weep.
Never beg, or humbly woo
With oaths and lies, (as others do)

……………………

But have hitherto lived free
As the air that circles me
And kept credit with my heart,
Neither broke in the whole, or part.

Herrick這麼坦白地說他絕不會有什麼戀愛，也不會挨求戀和失戀的痛苦，這到是他心中的話。但是那個愛念Herrick的年青人不會覺得他是贊頌愛情的絕妙詩人？等到看着這首冷酷的自剖，免不了會有萬分的驚愕。然而，這正是Herrick一貫的地方。若使Herrick不是這麼無情的人，他絕不能夠做出那好幾百首豔麗的短短情歌。愛倫，波（Edgar Allan Foe）說，「眞摯的情感有種質樸的氣味（homeliness），那是不能拿來做詩材用的。」風花雪月的詩人實在不能夠閉着嘴去當一個充滿了眞摯情感的愛人。歐美小說裏情場中的英雄，很少是文學家；情人多半是不能做詩的，屠格涅夫最愛寫大學生和文學家的戀史，可是他小說中的主人翁多半是意志薄弱的情人，常帶着「得不足喜，失不足憂」的態度。這都是洋鬼子比我們觀察得更周到的地方。不過這樣地把文學家的兼職取消，未免有點「焚琴煮鶴」，區區也很覺得悵然。

文學家不但不知道什麽是愛情，而且也不懂得死的意義。所以最愛談自殺的是文學家，而天下敢去自殺的文學家却是鳳毛麟角。最近上海自殺了不少人，多半都有絕命書留下來，可是沒有一篇寫得很文學的，很動聽的；可見黃浦江裏面水鬼中並沒有文豪在內。這件事對於文壇固然是很好的消息，但是也可見文學家只是種不生不死半生半死的才子了。不過古今中外的輿論是操在文學家的手裏，小小的舞臺上自己拚命喝自己的采，弄得大家頭暈腦眩，胡裏胡塗地跟着喝采，才子們便自覺得是超人了。

二，滑稽（Humour）和愁悶

整天笑嘻嘻的人是不會講什麼笑話的，就是偶然講句把，也是那不會引人捧腹，値不得傳述的陳舊笑談。這的確是上帝的公平地方，一個人既然滿臉春風，兩窩酒靨老掛在頰邊，爲社會增不少融融洩洩的氣象，又要他妙口生蓮，吐出輕妙的詼諧，這未免太苦人所難了，所以上帝體貼他們，把詼諧這工作放在那班愁悶人肩上，讓笑嘻嘻的先生光是笑嘻嘻而已。那班愁悶的人們不論日夜，總是口裏喃喃，心裏鬱鬱，給世界一種倒霉的空氣，自然也該說幾句叫人聽着會捧腹的話，或者輕輕地吐出幾句妙語，使人們嘴角微微的笑起來，以便將功折罪，抵消他們臉上的神情所給人的陰慘的印象。因此古往今來世上大詼諧家都是萬分愁悶的人。

英國從前有個很出名的丑角，他的名字我不幸忘記了，就把他叫做密斯忒X罷！密斯忒X平常總是無緣無故地皺眉蹙額，他自己也是莫名其妙，不過每日老是心中一團不高興。他弄得自己沒有法子辦，跑到內科醫生那裏問有什麼醫法沒有。那內科醫生診察了半天，最後對他說：『我勸你常去看那丑角密斯忒X的戲，看了幾回之後，我包管你會好。』密斯忒X聽了這話，啼也不好，笑也不好，只得低着頭走出診察室。

聽說做「尋金記」和「馬戲」主角的賈波林也是很憂鬱的。這是必然的，否則，他絕不能夠演出那趣味深長的滑稽劇。英國十九世紀浪漫派詩人 Coleridge 曾說：我是以眼淚來換人們的笑容。他是個談鋒極好的人，每天晚上滔滔不絕地討論玄學詩體以及其他一切的問題，他說話又深刻又清楚，無論誰都會忘了疲倦，整夜坐在旁邊聽他娓娓地清談。他雖然能夠給人們這麼多快樂，他自己的心境却常是枯燥煩惱到了極點。寫「心愛的猫兒溺死在金魚缸裏」和「癡漢騎馬歌」的 Gray 和 Cowper 也都是愁悶之神的犧牲者。Cowper 後來愁悶得瘋死了，Gray也是幾乎沒有一封信不是說愁說恨的。晉朝人講究談吐，喜歡詼諧，可是晉朝人最愛講達觀，達觀不過是愁悶不堪，無可奈何時的解嘲說法。殺犯當臨刑時節，常常唱出滑稽的歌曲，人們失望到不能再失望了，就咬着牙齒無端地狂笑，覺得天下什麽事情都是好笑的。這些事都可以證明滑稽和愁悶的確有很大的關係。

詼諧是由于看出事情的矛盾。蕭伯納說過，『天下充滿了矛盾的事情，只是我們沒有去思索，所以看不見了。』普通人，尤其那笑嘻嘻的人們與物無忤地天天過去，無憂無慮無歡無喜。他們沒有把天下事情放在口裏咀嚼一番，所以也不知道到底是什麼味道，草草一生就算了。只有那班愁悶的人們，無往而不不自得，好像上帝和全人類連盟起來，和他搗亂似的。他背着手噙着眼淚走遍四方，只覺到處都是灰色的。他免不了拚命地思索，神遊物外地觀察，來遣悶消愁。哈哈！他看出世上一切物事的矛盾，他抿着嘴唇微笑，寫出那趣味雋永的滑稽文章，用古怪筆墨把地上的矛盾窮形盡相地描寫出來。我們讀了他們的文章，看出埋伏在宇宙裏的大矛盾，一面也感到洞明了事實眞相的痛快，一面也只得無可奈何地笑起來了。沒有那深深的煩悶，他們絕不能瞧到這許多很顯明的矛盾事情，也絕不會得到詼諧的情緒和沁人心脾的滑稽辭句。滑稽和愁悶居然有因果的關係，這個大矛盾也值得愁悶人們的思索。

因爲詼諧是從對于事情取種懷疑態度，然後看出矛盾來，所以懷疑主義者多半是用詼諧的風格來行文，因爲他承認矛盾是宇宙的根本原理。Voltaire，Montaigne和當代的法朗士，羅素的書裏都有無限滑稽的情緒。

法國的戲劇家Baumarcheis說：『我不得不老是狂笑着，怕的是笑聲一停，我就會哭起來了。』這或者也是愁悶人所以滑稽的原因。

三，「九天閶闔開宮殿，萬國衣冠拜冕旒」的文學史

記得五年前，當我大發哲學迷時候，天天和C君談那玄而又玄自己也弄不清楚的哲學問題。那時C君正看羅素著的哲學概論，羅素是反對學生讀哲學史的，以爲應該直接念洛克。休謨，康德等原作，不該隔靴搔癢來念博而不專的哲學史。C君看得高興，就寫一封十張八行的長信同我討論這事情，他彷彿也是贊成羅素的主張。後來C君轉到法科去，我在英文系的講堂坐了四年，那本紅筆畫得不成書的 Thilly 哲學史也送給一位朋友了，提起來眞不勝有滄桑之感。從前麻

麻胡胡讀的洛克，笛卡兒，斯賓諾莎，康德的書，現在全忘記了，可是我現在對哲學史還是厭惡，以爲是無用的東西。由我看來，文學史是和哲學史同樣沒有用的。文學史的唯一用處只在贊揚本國文字的優美，和本國文人的言行的純潔……總之，滿書都是甜蜜蜜的。所以我用王右丞的頌聖詩兩句，來形容普通文學史的態度。

普通文學史的第一章總是說本國的文字是多麽好，比世界上任一國的文字都好，克魯泡特金那樣子具有世界眼光的人，編起俄國文學史（Russian Literature Its Ideals & Realities）來，還是免不了這個俗套。這是狹窄的愛國主義者的拿手好戲，中國到現在還沒有一本像樣的文學史，也可以說是一件幸事。

第一口蜜喝完了，接着就是歷代文人的行狀。隱惡揚善，把幾百個生龍活虎的文學家描寫成一堆模糊不清毫無個性的聖賢。把所有做教本用的美國文學史都念完，恐怕也不知道大文豪霍桑曾替美國一個聲名狼籍的總統捧場過，做一本傳記，對他多方頌揚，使他能夠被選。歌德，惠德曼，王爾德的同性愛是文學史素來所不提的。莎士比亞的偸鹿文學史家總想法替他掩飾辯護。文學史裏只贊揚拜倫助希臘獨立的慷慨情懷，沒有說到他待 Leigh Hunt 的刻薄。這些劣點雖然不是這幾位文學家的全人格的表現，用不着放大地來注意，但是要認識他們的眞面目，這些零星罪過也非看到不可，並且我覺得這比他們小孩時候的聰明和在小學堂裏得獎這些無聊事總來得重要好多。然而仁慈愛國的普通文學史家的眼睛只看到光明那面，弄得念文學史的人一開頭對於各文學家的性格就有錯誤的認識。誰念過普通英國文學史會想到 Wordsworth 是個脾氣極壞，態度極粗魯的人呢？可是據他的朋友們說，他很常和人吵架，談到政治，總是搥桌子。而且不高興人們談「自然」，好像這是他的家產樣子。然而，文學史中只說他愛在明媚的湖邊散步。

中國近來介紹外國文學的文章多半是採用文學史這類的筆法。用一大堆頌揚的字眼，恭維一陣，眞可以說是新「應制」體。弄得看的人只覺得飄飄然，隨便同情地跟着嘖嘖稱善。這種一味奉承的批評文字對於讀者會養成一種只知盲目地贊美大作家的作品習慣，絲毫不敢加以好壞的區別。屈服於權威的座前已是我們的國粹，新文學家用不着再擡出許多沾塵不染的洋聖人來做我們盲目崇拜的偶像。

我以爲最好的辦法是在每本文學史裏敍述各作家的性格那段底下留着一頁或者半頁的空白，讓讀者將自己由作品中所猜出的作者性格和由不屬於正統的批評家處所聽到的話拿來塡這空白。這樣子歷代的文豪或者可以恢復些人氣，免得像從前繡像小說頭幾頁的圖畫，個個都是一副同樣的臉孔。

四，這篇是順筆寫去，信口開河，所以沒有題目。

英國近代批評家 Bailey 教授在他那本「密爾敦評傳」裏主張英國人應當四十歲纔開始讀聖經。他說，英國現代的教育制度是叫小孩子天天念聖經，念得不耐煩了，對聖經自然起一種惡感，後來也不去看一看裏面到底有什麼眞理隱藏着沒有。要等人們經過了世變，對人生起了許多疑問，在這到處都是無情的世界裏想找同情和熱淚的時候，那時纔第一次打開聖經來讀，一定會覺得一字一珠，捨不得放下。這是這位老教授的話。聖經我是沒有從頭到底讀過的，而且自己年紀和四十歲也相隔得太遠，所以無法來證實這句話。不過我覺得Bailey這話是很有道理的，無論什麼東西，若使我們太熟悉了，太常見了，牠們對我們的印象反不深刻起來。我們簡直會把牠們忘記，更不會跑去拿來仔細研究一番。誰能夠說出他母親面貌的特點在那裏，那個生長在西湖的人會天天熱烈地欣賞六橋三竺的風光。婚姻制度的流弊也在這裏。Richard King說：『爲愛情而犧牲生命並不是件難事，最難的是能夠永久在早餐時節對妻子保持種親愛的笑容。』記得Hazlitt對於英國十八世紀歌詠自然的詩人Cowper的批評是，『他是由那剪得整整齊齊的籬笆裏，去欣賞自然……他戴雙很時髦的手套，和『自然』握手。』可是正因爲Cowper是個城裏生長的人，一生對於「自然」沒有親暱地接觸過，所以當他偶然看到自然的美，免不了感到驚奇，感覺也特別靈敏。他和「自然」老是保持着一種初戀的熱情，並沒有和「自然」結過婚，跟着把「自然」看得冷淡起來。在鄉下生長，却居然能做歌詠自然的詩人，恐怕只有Burns，其他贊美田舍風光的作家總是由烏煙瘴氣的城裏移住鄉間的人們。

Dcsoivsky 的一枝筆把齷齪卑鄙的人們的心理描摹得窮形盡相，但是我聽說他却有潔癖，做小說時候，桌布上不容許有一個小汚點。神祕派詩人總是用極顯明的文字，簡單的句法來表明他們神祕的思想。因爲他們相信宇宙是整個的，只有一個共同的神祕，埋伏在萬物萬事裏面。William Blake 所謂由一粒沙可以洞觀全宇宙也是這個意思。他們以爲宇宙是很簡單的，可是越簡單，那神祕也更見其奧妙。越是能夠用淺顯文字指示出那神祕，那神祕也越遠離人們理智能力的範圍，因爲我們已經用盡了理智，纔能夠那麼明白地說出那神祕；而這個最後的神祕既然不是緣於我們的胡塗，自然也不是理智所能解决了。詩文的風格（style）奇奇怪怪的人們多半是思想上非常平穩。Chesterton頂喜歡用似非而是打筋斗的句子，但是他的思想却是四平八穩的天主教思想。勃浪甯的相貌像位商人，衣服也是平妥得很，他的詩是古怪得使我念着就會淌眼淚。Tennyson長髮披肩，衣服鬆鬆地帶有成千成萬的皺紋，但是他那In Memoriam却是淸醒流利，一點也不糊塗費解。約翰生說Goldsmith做事無處不是個傻子，拿起筆就變成聰明不過的文人了。……這麼老寫下去，離題愈離愈遠，而且根本就是沒有題目，眞是如何是好，還是就這麼收住罷！

寫完了上面這一大段，自己拿來念一遍，覺得似乎有些意思。然而我素來和我自己寫的文章是「相視而笑，莫逆於心」的。這也是無可奈何之事也。

五，兩段抄襲，三句牢騷

Steele說：「學來的做壞最叫人惡心。」

Second-hand vice, sure, of all is most nauseous.

From 'The Characters of a Rake and a Conquet'

Dostoivsky的「罪與罰」裏有底下這一段話：

拉朱密與拚命地喊：「你們以為我是攻擊他們說瞎話嗎？一點也不對！我愛他們說瞎話。這是人類獨有的權利。從錯誤你們可以走到眞理那裏去！因為我會說錯話，做錯事，所以我纔是一個人！你要得到眞理，一定要錯了十四回，或者是要錯了一百十四回纔成。而且做錯了事眞是有趣味；但是我們應當能夠自己做出錯事來！說瞎話，可是要說你自己的瞎話，那麽我要把你愛得抱着接吻。隨着自己的意思做錯了比跟着旁人做對了，還要好得多。自己弄錯了，你還是一個人；隨人做對了，你連一隻鳥也不如。我們終究可以抓到眞理，牠是逃不掉的，生命却是會拘攣麻木的。」

因此，我覺得打麻將比打樸克高明，逛窰子的人比到跳舞場的人高明，姑嫂吵架是天地間最有意義百聽不倦的吵架——自然比當代浪漫主義文學家和自然主義文學家的筆墨官司好得萬萬倍了。

「醉中夢話」是我二年前在「語絲」上幾篇雜感的總題目。匆匆地過了二年，我喝酒依舊，做夢依舊，這彷彿應當有些感慨纔是。然而我的心境却枯燥得連微喟一聲都找不出。從前那篇「醉中夢話」還有幾句無聊口號，現在抄在下面：

「生平不大喝酒，從來沒有醉過，並非自誇量大，實在因爲膽小，那敢多灌黃湯。夢是夜夜都做，夢中未必說話，「醉中夢話」云者，裝糊塗假癡聾，免得「文責自負」。

十八年十二月十日于眞茹。

谈「流浪汉」

當人生觀論戰已經鬧個滿城風雨，大家都談厭煩了不想再去提起時候，我一天忽然寫一篇短文，叫做「人死觀」。這件事實在有些反動嫌疑，而且該挂思想落後的罪名，後來仔細一想，的確很追悔。前幾年北平有許多人討論Gentleman這字應該要怎麼樣子譯譯纔好，現在是幾乎誰也不說這件事了，我却又來喋喋，談那和「君子」Gentleman正相反的「流浪漢」Vagabond，將來恐怕免不了自悔。但是想寫文章時候，那能夠顧到那麼多呢？

Gentleman 這字雖然難譯，可是還不及 Vagabond 這字那樣古怪，簡直找不出適當的中國字眼來。普通的英漢字典都把牠譯做「走江湖者」「流氓」「無賴之徒」「游手好閒者」……，但是我覺得都失丟這個字的原意。Vagabond 既不像走江湖的賣藝爲生，也不是流氓那種一味敲詐，「無賴之徒」「游手好閒者」都帶有貶駡的意思，Vagabond 却是種可愛的人兒。在此無可奈何時候，我只好暫用「流浪漢」三字來譯，自然也不是十分合式的。我以爲 Gentleman, Vagabond 這些字所以這麼刁鑽古怪，是因爲牠們被人們活用得太久了，原來的意義早已消失，于是每個人用這個字時候都添些自己的意思，這字的涵義越大，更加好活用了。因此在中國尋不出一個能夠引起那麼多的聯想的字來。本來Gentleman，Vagabond這二個字和財產都有關係的，一個是擁有財產，豐衣足食的公子，一個是毫無恆產，四處飄零的窮光蛋。因爲有錢，自然能夠受良好的教育，行動舉止也溫文爾雅，談吐也就蘊藉不俗，更不至于跟人銖錙必較，言語衝撞了。Gentleman這字的意義就由世家子弟一變變做斯文君子，所以現在我們不管一個人出身的貴賤，財產的有無，只要他的態度是溫和，做人很正直，我們都把他當做Gentleman。一班窮酸的人們被人冤枉時節，也可以答辯道：「我雖然窮，却是個Gentleman。」

Vagabond這個字意義的演化也經過了同樣的歷程。本來只指那班什麽財產也沒有，天天隨便混過去的人們。他們既沒有一定的職業，有時或者也幹些流氓的勾當。但是他們整天隨遇而安，到也無憂無慮，他們過慣了放鬆的生活，所以就是手邊有些錢，也是胡里胡塗地用光，對人們當然是很慷慨的。他們沒有身家之慮，做事也就痛痛快快，拌不像富人那種畏首畏尾，瞻前顧後。酒是大杯地喝下去，話是隨便地順口開河，有時也胡謅些有趣味的謠語。他們萬事不關懷，天天笑呵呵，規矩的人們背後說他們沒有責任心。他們與世無忤，既不會棹上排着一斗黃豆，一斗黑豆，打算盤似地整天數自己的好心思和壞心思，也不會皺着眉頭，弄出連環巧計來陷害人們。他們的行爲是胡塗的，他們的心腸是好的。他們是大個頑皮小孩，可是也帶了小孩的天眞。他們腦裏存了不少奇奇怪怪的幻想，滿臉春風，老是笑迷迷的，一些機心也沒有。……我們現在把凡是帶有這種心情的人們都叫做Vagabond，就是他們是王侯將相的子孫，生平沒有離開家鄉過也不礙事。他們和中國古代的俠客有些相像，可是他們又不像俠客那樣朴刀橫腰，給誇大狂迷住，一臉凶氣，走遍天下專爲打不平。他們對于倫理觀念，沒有那麽死板地癡癡執着。我不得已只好翻做「流浪漢」，流浪是指流浪的心情，所以我所讚美的流浪漢或者同守深閨的小姐一樣，終身未出鄉里一步。

英國十九世紀末葉詩人和小品文作家斯密士 Alexander Smith 對于流浪漢是無限地頌揚。他有一段描寫流浪漢的文章，說得很妙。他說：「流浪漢對于許多事情的確有他的特別意見。比如他從小是同密尼表妹一起養大，心裏很愛她，而她小孩時候對于他的感情也是跟着年齡熱烈起來，他倆結合後大概也可以好好地過活，他一定把她娶來，并沒有考慮到他們收入將來能夠不能夠允許他請人們來家裏吃飯或者時髦地招待朋友。這自然是太魯莽了。可是對于流浪漢你是沒法子說服他。他自己有他一套再古怪不過的邏輯（他自己卻以爲是很自然的推論），他以爲他是爲自己娶親的，幷不是爲招待他的朋友的緣故；他把得到一個女人的眞心同純潔的胸懷比袋裏多一兩鎊錢看得重得多。規矩的人們不愛流浪漢。那班膝下有還未出嫁姑娘的母親特別怕他——幷不是因他爲子不孝，或者將來不能夠做個善良的丈夫，或者對朋友不忠，但是他的手不像別人的手，總不會把錢牢牢地握着。他對于外表絲毫也不講究。他結交朋友，不因爲他們有華屋美酒，却是愛他們的性情，他們的好心腸，他們講笑話聽笑話的本領，以及許多別人看不出的好處。因此他的朋友是不拘一類的，在富人的宴會裏却反不常見到他的蹤跡。我相信他這種流浪態度使他得到許多好處。他對于人生的希奇古怪的地方都有接觸過。他對于人性曉得便透徹，好像一個人走到鄉下，有時舍開大路，去憑弔荒墟古塚，有時在小村逆旅休息，路上碰到人們也攀談起來，這種人對于鄉下自然比那在坐四輪馬車裏驕傲地跑過大道的知道得多。我們因爲這無理的驕傲，失丟了不少見識。一點流浪漢的習氣都沒有的人是沒有什麼價值的。」斯密士說到流浪漢的成家立業的法子，可見現在所謂的流浪漢并不限于那無家可歸，脚跟如蓬轉的人們。斯密士所說的只是一面，讓我再由另一個觀察點——流浪漢和Gentleman的比較——來論流浪漢，這樣子一些一些湊起來或者能夠將流浪漢的性格描摹得很完全，而且流浪漢的性格複雜萬分，（漢既以流浪名，自不是安分守己，方正簡單的人們）絕不能一氣說清。

英國文學裏分析（Gentleman的性格最明晰深入的文章，公推是那位叛教分子紐門G. H. Newman的「大學教育的範圍同性質」。紐門說：「說一個人他從來沒有給別人以苦痛，這句話幾乎可以做「君子」的定義……「君子」總是從事于除去許多障礙，使同他接近的人們能夠自然地隨意行動；「君子」對于他人行動是取贊同合作態度，自己却不願開首主動……眞正的「君子」極力避免使同他在一塊的人們心裏感到不快或者顫震，以及一切意見的衝突或者感情的摃撞，一切拘束，猜疑，沉悶，怨恨；他最關心的是使每個人都很隨便安逸像在自己家裏一樣。」這樣小心翼翼的君子我們當然很願意和他們結交，但是若使天下人都是這麼我讓你，你體貼我，扭扭泥泥地，誰也都是捧着同情等着去附和別人的舉動，可是誰也不好意思打頭陣；你將就我，我將就你，大家天天只有個互相將就的目的，此外是毫無成見的，這種的世界和平固然很和平，可惜是死國的和平。迫得我們不得不去歡迎那豪爽英邁，勇往直前的流浪漢。他對于自己一時興到想幹的事趣味太濃厚了，只知道口裏吹着調子，放手做去，既不去打算這事對人是有益是無益，會成功還是容易失敗，自然也沒有慮及別人的心靈會不會被他攪亂，而且「君子」們袖手旁觀，本是無可無不可的，大概總會穿着白手套輕輕地鼓掌。流浪漢幹的事情不一定對社會有益，造福于人羣，可是他那股天不怕，地不怕，不計得失，不論是非的英氣總可以使這麻木的世界呈現些須生氣，給「君子」們以贊助的材料，免得「君子」們整天掩着手打呵欠（流浪漢總會痛快地打呵欠，「君子」們總是像林黛玉那樣子抿着嘴兒）找不出話講，我承認偸情的少女，再嫁的寡婦都是造福于社會的，因爲沒有她們，那班貞潔的小姐，守節的孀婦就失去了談天的材料，也無從來讚美自己了。幷且流浪漢整天瞎鬧過去，不僅目中無人，簡直把自己都忘却了。眞正的流浪漢所以不會引起人們的厭惡，因爲他已經做到無人無我的境地，那一刹那間的衝動是他惟一的指導，他自己愛笑，也喜歡看別人的笑容，別的他什麽也不管了。「君子」們處處爲他人着想，弄得不好，反使別人怪難受，到不如流浪漢的有飯大家吃，有酒大家喝，有話大家話，先無彼此之分，人家自然會覺得很舒服，就是有衝撞地方，也可以原諒，而且由這種天眞的衝撞更可以見流浪漢的毫無機心。眞是像中國舊文人所愛說文章天成，妙手偶得之，流浪漢任性順情，萬事隨緣，絲毫沒有想到他人，人們却反覺得他是最好的伴侶，在他面前最能夠失去世俗的拘束，自由地行動。許多人愛留連在烏煙瘴氣的酒肆小茶店裏，不願意去高攀坐在王公大人們客廳的沙發上，一班公子哥兒喜歡跟馬夫下流人整天打伙，不肯到他那客氣溫和的親戚家裏走走，都是這種道理，紐門又說：「君子知道得很淸楚，人類理智的強處同弱處，範圍同限制。若使他是個不信宗教的人，他是太精明太雅量了，絕不會去嘲笑或者反宗教；他太智慧了，不會武斷地或者熱狂地反教。他對于虔敬同信仰有相當的尊敬；有些制度他雖然不肯贊同，可是他還以爲這些制度是可敬的良好的或者有用的；他禮遇牧師，自己僅僅是不談宗教的神祕，沒有去攻擊否認。他是信教自由的贊助者，這幷不只是因爲他的哲學教他對于各種宗教一視同仁，一半也是由于他的性情溫和近于女性，凡是有文化的人們都是這樣。」這種人修養功夫的確很到家，可謂火候已到，絲毫沒有火氣，但是同時也失去活氣，因爲他所磨鍊去的火是 Prometheus 由上天偷來做人們靈魂用的火。十八世紀第一畫家 Reynolds 是位脾氣頂好的人，他的密友約翰生（就是那位麻臉的胖子）一天對他說：「Reynolds 你對于誰也不恨，我却愛那善于恨人的人。」約翰生偉大的腦袋蘊蓄有許多對于人生微妙的觀察，他通常衝口而出的牢騷都是入木三分的慧話。恨人恨得好(A good hater)眞是一種藝術，而且是人人不可不講究的。我相信不會熱烈地恨人的人也是不知道怎地熱烈地愛人。流浪漢是知道如何恨人，如何愛人。他對于宗教不是拚命地相信，就是盡力地嘲突。Donne,Herrick,Celleni 都是流浪漢氣味十足的人們，他們對于宗教都有狂熱；Voltaire，Nietzsche 這班流浪漢就用盡俏皮的辭句，熱嘲冷諷，掉盡槍花，來譏罵宗教。在人生這幕悲劇的喜劇或者喜劇的悲劇裏，我們實在應該旗幟分明地對于一切不是打到，就是擁護，否則到處妥協，灰色地獨自躑躅于戰場之上，未免太單調了，太寂寞了。我們既然知道人類理智的能力是有限的，那麼又何必自作聰明，僭居上帝的地位，盲目地對于一切主張都持個大人聽小孩說夢話態度，保存種白癡的無情臉孔，暗地裏自誇自己的眼力不差，曉得可憐同原諒人們低弱的理智。眞眞對于人類理智力的薄弱有同情的人是自己也加入跟着人們胡鬧，大家一起亂來，對人們自然會有無限同情。和人們結夥走上錯路，大家當然能夠不償而喻地互相了解。當濁酒三杯過後，大家拍棹高歌，莫名其妙地相視而笑，莫逆于心，那時人們纔有眞正的同情，對于人們的弱點有願意的諒解，并不像「君子」們的同情後面常帶有我佛如來憐憫衆生的冷笑。我最怕那人生的旁觀者，所以我對于厚厚的約翰生傳會不倦地温讀，聽人提到Addison的旁觀報就會皺眉，雖然我也承認他的文章是珠圓玉潤，修短適中，但是我怕他那像死屍一般的冰冷。紐門自己說「君子」的性情温和近于女性（The gentleness and effeminacy of feeling），流浪漢雖然沒有這類在台上走S式步伐的旖旎風光，他却具有男性的健全。他敢赤身露體地和生命肉搏，打個你死我活。不管流浪漢的結果如何，他的生活是有力的，充滿趣味的，他沒有白過一生，他嘗盡人生的各種味道，然後再高興地去死的國土裏遨遊。這樣在人生中的趣味無窮翻身打滾的態度，已經値得我們羡慕，絕不是女性的「君子」所能曉得的。

耶穌說過：「凡想要保全生命的，必喪掉生命。凡喪掉生命的，必救活生命。」一流浪漢無時不是只顧目前的痛快，早把生命的安全置之度外，可是他却無時不儘量地享受生之樂。守己安分的人們天天守着生命，戰戰兢兢，只怕失丟了生命，反把生命眞正的快樂完全忽略，到了蓋棺論定，自己纔知道白寶貴了一生的生命，却毫無受到生命的好處，可惜太遲了，連追悔的時候都沒有。他們對于生命好似守財虜的念念不忘于金錢，不過守財虜還有夜夜關起門來，低着頭數血汗換來的錢財的快樂，愛惜生命的人們對于自己的生命，只有刻刻不忘的擔心，連這種沾沾自喜的心情也沒有，守財虜爲了金錢緣故還肯犧牲了生命，比那什麼想頭也消失了，光會顧惜自己皮膚的人們到底是高一等，所以上帝也給他那份應得的快樂。用句羅素的老話，流浪漢對于自己生命不取佔有衝動，是被創造衝動的勢力鼓舞着。實在說起來，宇宙間萬事萬物流動不息，那裏眞有常住的東西。只有滅亡纔是永存不變的，凡是存在的天天總脫不了變更，這眞是「法輪常轉」。Walter Pater 在他的「文藝復興研究」的結論曾將這個意思說得非常美妙，可惜寫得太好了，不敢翻譯。尤其生命是瞬刻之間，變幻萬千的，不跳動的心是屬于死人的。所以除非順着生命的趨勢，高興地什麽也不去管望前奔，人們絕不能夠享受人生。近代小品文家 Jaekson 在他那篇論「流浪漢」一文裏說：「流浪漢如入生命的波濤洶湧的狂潮裏生活。」他不把生命緊緊地拿着，（普通人將生命握得太緊，反把生命弄僵化死了）却做生命海中的弄潮兒，伸開他的柔軟身體，跟着波兒上下，他感覺到處處觸着生命，他身內的熱血也起共鳴。最能夠表現流浪漢這種的精神是美國放口高歌，不拘韻脚的惠提曼 Walt Whitman。他那本詩集「草之葉」Leaves of Grass 裏句句詩都露出流浪漢的本色，眞可說是流浪漢的聖經。流浪漢生活所以那麼有味一半也由于他們的生活是很危險的。踢足球，當兵，爬懸崖削壁……所以會那麼饒有趣味，危險性也是一個主因。在這個單調寡趣，平淡無奇的人生裏凡有血性的人們常常覺到不耐煩，聽到曠野的呼聲，原人時代嘯遊山林，到處狩獵的自由化做我們的本能，潛伏在黑禮服的裏面，因此我們時時想出外涉險，得個更充滿的不羈生活。萬頃波濤的大海誰也知道覆滅過無千無數的大船，可是年年都有許多盎格羅薩格遜的小孩戀着海上危險的生涯，甯願拋棄家庭的安逸，違背父母的勸諭，跑去過碧海蒼天中辛苦的水手生涯。海所以會有那麼大的魔力就是因爲牠是世上最危險的地方，而身心健全的好漢那個不愛冒險，愛慕海洋的生活，不僅是一「海上夫人」而已也。所以海洋能夠有小說家們像 Marryat,Cooper,Loti,Conrad, 等等去描寫牠，而他們的名著又能夠博多數人的同情。藹理斯曾把人生比做跳舞，若使世界眞可說是個跳舞場，那麼流浪漢是醉眼朦朧，狂歡地跳二人旋轉舞的人們。規矩的先生們却坐在小桌邊無精打彩地喝無聊的咖啡，空對着似水的流年惆悵。

流浪漢在無限量地享受當前生活之外，他還有豐富的幻想做他的伴侶。Dickens 的「塊肉餘生述」裏面的 Micawber 在極窮困的環境中不斷地說「我們快交好運了，」這確是流浪漢的本色。他總是樂觀的，走的老是薔薇的路。他相信前途一定會光明，他的將來果然會應了他的預測，因爲他一生中是沒有一天不是欣欣向榮的；就是悲哀時節，他還是肯定人生，痛痛快快地哭一陣後，他的淚珠已滋養大了希望的根苗。他信得過自己，所以他在事情還沒有做出之前，就先口說蓮花，說完了，另一個新的衝動又來了，他也忘却自己講的話，那事情就始終沒有幹好。這種言行不能一致，孔夫子早已反對在前，可是這類英氣勃勃的矛盾是多麼可愛！藹理斯在他名著『生命的跳舞』裏說：「我們天天變更，世界也是天天變更，這是順着自然的路，所以我們表面的矛盾有時就全體來看却是個深一層的一致。」（他的話大概是這樣，一時記不清楚。）流浪漢跟着自然一團豪興。想到那裏就說到那裏，他的生活是多麼有力。行爲不一定是天下一切主意的唯一歸宿，有些微妙的主張只待說出已是值得讚美了，做出來或者反見累贅。神話同童話裏的世界那個不愛，雖然誰也知道這是不能實現的。流浪漢的快語在滲淡的人生上佈一層彩色的虹。這就很值得我們謝謝了，併且有許多事情起先自己以爲不能勝任，若使說出話來，因此不得不努力去幹，到會出乎意料地成功；倘然開頭先怕將來不好，連半句話也不敢露，一碰到障礙，就隨牠去，那麼我們的作事能力不是一天天退化了。一定要言先乎事，做我們努力的刺激，生活纔有興味，纔有發展。就是有時失敗，富有同情的人們定會原諒，尖酸刻薄人們的同情是得不到的，幷且是不值一文的。我們的行爲全藉幻想來提高，所以 Masefield 說「缺乏幻想能力的人民是會滅亡的。」幻想同矛盾是良好生活的經緯。流浪漢心裏想出七古八怪的主意，幹出離奇矛盾的事情。什麽傳統正道也束縛他不住，他眞可說是自由的驕子，在他的眼睛裏，世界變做天國，因爲他過的是天國裏的生活。

若使我們繙開文學史來細看，許多大文學家全帶有流浪漢氣味。Shakespeare 偷過人家的鹿，Ben Jonson，Merlowe 等都是Mermaid Tavern這家酒店的老主顧，Goldsimith吳市吹簫，靠着他的口笛遍遊大陸，Steele整天忙着躱債，Charles Lamd，Leigh Hunt顛頭顛腦，吃大烟的Coleridge, De Quincey更不用講了，拜倫，雪萊，濟茨那是誰也曉得的。就是Wordsworth那麽道學先生神氣，他在法國時候，也有過一個私生女，他有一首有名的十四行詩就是說這個女孩。目光如炬專說精神生活的塔果爾小孩時候最愛的是逃學。Browning帶着人家的閨秀偷跑，Mrs。Browning違着父親淫奔，前數年不是有位好事先生考究出Dickens年青時許多不軌的舉動，其他如Swinburne, Stevenson以及「黃書」雜誌那班唯美派作家那是更不用說了。爲什麼偏是流浪漢纔會寫出許多不朽的書，讓後來「君子」式的大學生整天整夜按步就班地念呢？頭一下因爲流浪漢敢做敢說，不曉得掩飾求媚，委曲求全，所以他的話眞摯動人。有時加上些瞞天大謊，那謊却是那樣子大胆子地杜撰的，一般拘謹人和假君子所絕對不取說的，謊言因此有謊言的眞實在，這眞實是扯謊者的氣魄所逼成的。而且文學是個性的結晶，個性越顯明，越能夠坦白地表現出來，那作品就更有價値。流浪漢是具有出類拔萃的個性的人物，他們的思想同行事全有他們的特別性格的色彩，他們豪爽直截的性情使他們能夠把這種怪異的性格躍躍地呈現于紙上。斯密士說得不錯「天才是個流浪漢」，希臘哲學家講過知道自己最難，所以在世界文學裏寫得好的自傳很少，可是世界中所流傳幾本不朽的自傳全是流浪漢寫的。Cellini 殺人不眨眼，幷且敢明明白白地記下，他那回憶錄(Memoirs)過了幾千年還沒有失去光輝。Augustine 少年時放蕩異常，他的懺悔錄却同託爾斯泰（他在莫斯科縱慾的事跡也是不可告人的）的懺悔錄，盧騷的懺悔錄同垂不朽。富蘭克林也是有名的流浪漢，不管他怎樣假裝做正人君子，他那浪子的骨頭總常常露出，只要一念 Cobbett 攻擊他的文章就知道他是個多麼古怪一個人。De Quincey 的「英國一個吃鴉片人的懺悔錄」，這個名字已經可以告訴我們那內容了。做「羅馬衰亡史」的 Gibbon，他年青時候愛同教授搗亂，他那本薄薄的自傳也是個愉快的讀物。Jeffries 一心全在自然的美上面，除開遊蕩山林外，什麽也不注意，他那「心史」是本冰雪聰明，微妙無比的自白。記得從前美國一位有錢老太太希望她的兒子成個文學家，寫信去請教一位文豪，這位文豪囘信說；「每年給他幾千鎊，讓他自己鬼混去罷。」這實在是培養創造精神的無上辦法。我希望想寫些有生氣的文章的大學生不死滯在文科講堂裏，走出來當一當流浪漢罷。最近半年北大的停課對于中國將來文壇大有裨益，因爲整天沒有事只好逛市場跑前門的文科學生免不了染同學們好好地利用，免貽後悔。

些流浪漢氣息。這種千載一時的機會，希望我那些未畢業的

前幾年纔死去的一位英國小說家 Conrad 在他的散文集「人生與文學」內，談到一位有流浪漢氣的作家 Luffmann，說起有許多小女讀他的書以後，寫信去向他問好，不禁醋海生波，顧影自憐地（雖然他是老舟子出身）嘆道：「我平生也寫過幾本故事（我不願意無聊地假假自謙）旣屬紀實，又很有趣。可是沒有女人用溫柔的話寫信給我。爲什麼呢？只是因爲我沒有他那種流浪漢氣。家庭中可愛的專制魔王對于這班無法無天的人物偏動起憐惜的心腸。」流浪漢確是個可

愛的人兒，他具有完全男性，情懷瀟洒，磊落大方，那個懷春的女兒見他不會傾心。俗語說「癡心女子負心漢。」就是因爲負心漢全是處處花草顛連的浪子，什麽事情都不放在心頭，他那痛快淋漓的氣慨自然會叫那老被人拘在深閨裏的女孩兒一見心傾，後來無論他怎地負心總是癡心地等待着。中古的貴女愛騎士，中國從前的美人愛英雄總是如花少女對于風塵中飄蕩人的一往情深的表現。紅拂的夜奔李靖，烏江軍帳裏的虞姬，隨着范蠡飄蕩五湖的西施……這些例子也不知道有多少。清朝上海窰子愛姘馬夫，現在電影明星姘汽車夫，姨太太跟馬弁偸情也是同樣的道理。總之流浪漢天生一種叫人看着不得不愛的情調，他那種古怪莫測的行徑剛中女人愛慕熱情的易感心靈。豈只女人的心見着流浪漢會鎔，我們不是有許多瞎鬧胡亂用錢行事乖張的朋友，常常向我們借錢搗亂，可是我們始終戀着他們率直的態度，對他們總是憐愛帮忙。天下最大的流浪漢是基督教裏的魔鬼。可是那個人心裏不喜歡魔鬼。在沙士比亞以前英國神話劇盛行時候，丑角式的魔鬼一上場，大家都忙着拍手歡迎，魔鬼的一舉一動看客必定跟着捧腹大笑。Robert Lynd 在他的小品文集「橘樹」裏「論魔鬼」那篇中說「失樂園詩所說的撒但在我們想像中簡直等于兒童故事裏面偉大英猛的海盜。」凡是兒童都愛海盜，許多人念了密爾敦史詩覺得詭譎的撒但比板板的上帝來得有趣得多。魔鬼的堪愛地方太多了，不是隨便說得完，留得將來爲文細論。

清末有幾位王公貝勒常在夏天下午換上叫花子的打扮，偸跑到十刹海路旁口唱蓮花向路人求乞，黃昏時候纔解下百衲衣回王府去。我在北京住了幾年，心中很羨慕旗人知道享樂人生，這事也是一個證明。大熱天氣裏躺在柳陰底下，順口唱些歌兒，自在地飽看來往的男男女女；放下朝服，着半件輕輕的破衫，嘗一嘗暫時流浪漢生活的滋味，這是多麽知道享受人生。戲子的生活也是很有流浪漢的色彩，粉墨登場，去博人們的笑和淚，自己彷彿也變做戲中人物，清末宗室有幾位很常上台串演，這也是他們會尋樂地方。白浪滔天半生奔走天下，最後入藝者之家，做一個門弟子，他自己不勝感慨，我却以爲這眞是浪人應得的涅槃。不管中外，戲子女優必定是人們所喜歡的人物全靠着他們是社會中最顯明的流浪漢。Dickens 的小說所以會那麼出名，每回出版新書時候，要先通知警察到書店門口守衞，免得購書的人爭先恐後打起架來，也是因爲他書內大脚色全是流浪漢，Pickwick 俱樂部那四位會員和他們週遊中所遇的人們，『雙城記』中的Carton 等等全是第一等的流浪漢。儒林外史的杜少卿，水滸的魯智深，紅樓夢的柳二郎，老殘遊記的補殘老是深深地刻在讀者的心上，變成模範的流浪漢。

流浪漢自己一生快活，幷且憑空地佈下快樂的空氣，叫人們看到他們也會高興起來，說不出地喜歡他們，難怪有人說「自然創造我們時候，我們個個都是流浪漢，是這俗世把我們弄成個講究體面的規矩人。」在這點我要學着盧騷，高呼「返于自然。」無論如何，在這麻木不仁的中國，流浪漢精神是一服極好的興奮劑，最需要的強心針。就是把什麼國家，什麼民族一筆勾銷，我們也希望能夠過個有趣味的一生，不像現在這樣天天同不好不壞，不進不退的先生們敷衍。寫到這裏，忽然記起東坡一首西江月，覺得很能道出流浪漢的三昧，就抄出做個結論罷！

照野瀰瀰淺浪，
橫空隱隱層霄，
障泥未解玉驄驕，
我欲醉眠芳草。

可惜一溪風月，
莫教蹋碎瓊瑤，
解鞍攲枕綠楊橋，

杜宇一聲春曉。

「頃在黃州，春夜行蘄水中，過酒家，飲酒醉。乘月至一溪橋上，解鞍曲肱，醉臥少休。及覺已曉，亂山攢擁，流水鏘鏘，疑非塵世也。書此語橋柱上。」

十八年除夕之前二日于福州。

「春朝」一刻值千金

（懒惰汉的懒惰想头之二）

十年來，求師訪友，足跡走遍天涯，回想起來給我最大益處的却是「遲起」，因爲我現在腦子裏所有些聰明的想頭，靈活的意思多半是早上孏洋洋地賴在床上想出來的。我眞應該寫幾句話讚美牠一番，同時還可以告訴有志的人們一點遲起藝術的門徑。談起藝術，我雖然是門外漢，不過對於遲起這門藝術到可說是一位行家，因爲我既具有明察秋毫的批評能力，又帶了甘苦備嘗的實踐精神。我天天總是在可能範圍之內，儘量地滯在床上——那是我們的神廟——看着射在被上的日光，嗤笑四圍人們無謂的匆忙，回味前夜的癡夢——那是比做夢還有意思的事，——細想遲起的好處，唯我獨尊地躺着，東倒西傾的小房立刻變做一座快樂的皇宮。

詩人畫家爲着要追求自己的幻夢，實現自己的癡願，甯可犧牲一切物質的快樂，受盡親朋的詬駡，他們從藝術裏能夠得到無窮的安慰，那是他們真實的世界，外面的世界對於他們反變成一個空虛。遲起藝術家也具有同等的精神。區區雖然不是一個遲起大師，但是對於本行藝術的確有無限的熱忱——藝術家的狂熱。所以讓我拿自己做個例子罷。當我是個小孩時候，我的生活由家庭替我安排，毫無藝術的自覺，早上六點就起來了。後來到北方念書去，北方的天氣是培養遲起最好的沃土，許多同學又都是程度很高的遲起藝術專家，於是絕好的環境同朋輩的切磋使我領略到遲起的深味，我的忠於藝術的熱度也一天一天地增高。暑假年假回家時期，總在全家人吃完了早飯之後，我纔敢動起床的念頭。老父常常對我說清晨新鮮空氣的好處，母親有時提到重溫稀飯的麻煩，慈愛的祖母也屢次向我姑母說「早起三日當一工」（我的姑母老是起得很早的），我雖然萬分不願意失丟大人們的歡心，但是爲着忠於藝術的緣故，居然甘心得罪老人家。後來老人家知道我是無可救藥的，反動了憐惜的心腸，他們早上九點鐘時候走過我的房門前還是用着足尖，人們溫情地放縱我們的弱點是最容易刺動我們麻木的良心，但是我總捨不得違棄了心愛的藝術，所以還是懊悔地照樣地高臥。在大學裏，有幾位道貌岸然的教授對於遲到學生總是白眼相待，我不幸得很，老做他們白眼的鵠的，也曾好幾次下個決心早起，免得一進教室的門，就受兩句冷諷，可是一年一年地過去，我足足受了四年的白眼待遇，裏頭的苦處是別人想不出來的。有一年寒假住在親戚家裏，他們晚飯的時間是很早的，所以一醒來，腹裏就咕隆地響着，我却按下餞腸，故意想出許多有趣事情，使自己忘却了肚餓，有時餓出汗來，還是堅持着非到十時是不起來的，對於藝術我是多麼忠實，情願犧牲。枵腹做詩的愛倫波．眞可說是我的同志。後來入世謀生，自照會忽略了藝術的追求；不過我還是儘量地保留一向的熱誠，雖照已經是夠墮落了。想起我個人因爲遲起所受的許多說不出的苦痛，我深深相信遲起是一門藝術，因爲只有藝術纔會這樣帶累人，也只有藝術家纔肯這樣不變初衷地往前犧牲一切。

但是從遲起我也得到不少的安慰，總夠補償我種種的苦痛。遲起給我最大的好處是我沒有一天不是很快樂地開頭的。我天天起來總是心滿意足的，覺得我們住的世界無日不是春天，無處不是樂園。當我神怡氣舒地躺着時候，我常常記起勃浪甯的詩：「上帝在上，萬物各得其所。」（魚游水裏，鳥棲樹枝，我臥床上。）人生是短促的，可是若使我們有過光榮的青春，我們的一生就不能算是虛度，我們的殘年很可以傍着火爐，曬着太陽在回憶裏過日子。同樣地一天的光陰是很短促的，可是若使我們有過光榮的早上（一半時間化在床上的早晨！）我們這一天就不能說是白丟了，我們其餘時間可以用在追憶清早的幸福，我們青年時期若使是欣歡的結晶，我們的餘生一定不會很淒涼的，青春的快樂是有影子留下的，那影子好似帶了魔力，慘淡的老年給牠一照，也呈出和藹慈祥的光輝。我們一天裏也是一樣的，人們不是常說：一件事情好好地開頭，就是已經成功一半了；那麼賞心悅意的早晨是一天快樂的先導。遲起不單是使我天天快活地開頭，還叫我們每夜高興地結束這個日子；我們夜夜去睡時候，心裏就預料到明早遲起的快樂——預料中的快樂是比當時的享受，味還長得多——這樣子我們一天的始終都是給生機活潑的快樂空氣圍住，這個可愛的昇平景象却是遲起一手做成的。

遲起不僅是能夠給我們這甜蜜的空氣，牠還能夠打破我們結結實實的苦悶。人生最大的愁憂是生活的單調。悲劇是很熱鬧的，怪有趣的，只有那不生不死的機械式生活纔是最無聊賴的。遲起眞是唯一的救濟方法。你若使感到生活的沉悶，那麼請你多睡半點鐘（最好是一點鐘），你起來一定覺得許多要幹的事情沒有時間做了，那麼是非忙不可——「忙」是進到快樂宮的金鑰，尤其那自己找來的忙碌。忙是人們體力發洩最好的法子，亞里士多德不是說過人的快樂是生於能力變成效率的暢適。我常常在辦公時間五分鐘以前起床，那時候洗臉拭牙進早餐，都要用最快的速度完成，全變做最浪漫的舉動，當牙膏四濺，臉水橫飛，一手拿着頭梳，對着鏡子，一面吃麵包時節，誰會說人生是沒有趣味呢？而且當時只怕過了時間，心中充滿了冒險的情緒。這些暗地曉得不礙事的冒險興奮是頂可愛的東西，尤其是對於我們這班不敢眞眞履險的懦夫。我喜歡北方的狂風，因爲當我們衝着黃沙望前進的時候，我們彷彿是斬將先登，衝鋒陷陣的健兒，跟自然的大力肉搏，這是多麽可歌可泣的壯舉，同時除開耳孔鼻孔塞點沙土外，絲毫危險也沒有，不管那時是怎地像煞有介事樣子。冒險的嗜好那個人沒有，不過我們膽小，不願白丟了生命，仁愛的上帝，因此給我們捲地蔽天的括風，做我們安穩冒險的材料。住在江南的可憐蟲，找不到這一天賜的機會，只得英雄做時勢，遲些起來，自己創造機會。就是放假期間，十時半起床，早餐後抽完了烟，已經十一時過了，一想到今天打算做的事情一件也沒有動手，趕緊忙着起來——天下裏還有比無事忙更有趣味的事嗎？若使你因爲遲起挨到人家的閒話，那最少也可以打破你日常一波不興無聲無臭的生活。我想凡是嘗過生活的深味的人一定會說痛苦比單調灰色生活強得多，因爲痛苦是活的，灰色的生活却是死的象徵。遲起本身好似是很懶惰的，但是牠能夠給我們最大的活氣，使我們的生活跳動生姿；世上最懶惰不過的人們是那般黎明即起，老早把事做好，坐着呆呆地打呵欠的人們。遲起所有的這許多安慰，除開藝術，我們那裏還找得出來呢？許多人現在還不明白遲起的好處，這也可以證明遲起是一種藝術，因爲只有藝術人們纔會這樣地不去睬牠。

現在春天到了，「春宵苦短日高起，」一五六點鐘醒來，就可以看見太陽，我們可以醉也似地躺着，一直躺了好幾個鐘頭，靜聽流鶯的巧囀，細看花影的慢移，這眞是遲起的絕好時光。能讓我們天天多躺一會兒罷，別辜負了這一刻千金的「春朝」。

『懶惰漢的懶惰想頭』是當代英國小品文家Jerome K Jerome的文集名字（Idle Thoughts of an Idle Fellow），集裏所說的都是拉閑扯散，瞎三道四的廢話，可是自帶有幽默的深味，好似對於人生有比一般人更微妙的認識同玩味——這或者只是因爲我自己也是懶惰漢，官官相衛，惺惺惜惺惺，那麼也好，就隨牠去罷。「春宵一刻値千金」這句老話，是誰也知道的，我覺得換一個字，就可以做我的題目。連小小二句題目，都要東抄西襲湊合成的，不肯費心機自己去做一個，這也可以見我的懶惰了。

在副題目底下加了「之一」兩字，自然是指明我還要繼續寫些這類無聊的小品文字，但是什麼時候會寫第二篇，那是連上帝都不敢預言的，我是那麼懶惰。有時晚上想好了意思，第二天起得太早，心中一懊悔，什麽好意思都忘却了。

「失掉了悲哀」的悲哀

那是三年前的春天，我正在上海一個公園裏散步，忽然聽到有個很熟的聲音向我招呼。我看見一位神采飄逸的青年站在我的面前，微笑着叫我的名字問道：「你記得青—嗎？」我眞不認得他就是我從前大學預科時候的好友，因爲我絕不會想到過了十年青—還是這麽年青樣子，時間對於他會這樣地不留痕跡。在這十年裏我同他一面也沒有會過，起先通過幾封信，後來各人有各人的生活，彼此的環境又不能十分互相明瞭，來往的信裏漸漸多談時局天氣，少說別話了，我那幾句無謂的牢騷，按連寫了幾遍，自己覺得太無謂，不好意思再重複，却又找不出別的新鮮話來，因此信一天一天地稀少，以至於完全斷絕音問已經有七年了。青的眼睛還是那麽不停地動着，他頰上依舊泛着紅霞，他臉上毫無風霜的顏色，還脫不了從前那種沒有成熟的小孩神氣。有一點却是新添的，他那渺茫的微笑是從前所沒有的，而且是故意裝出放在面上的，我對着這個微笑感到一些不快。

「青，」我說，「眞奇怪！」我們別離時候，你纔十八歲，由十八到二十八，那是人們老得最快的時期，因爲那是他由黃金的幻夢覺醒起來，碰到倔強的現實的時期。你却是絲毫沒有受環境的影響，還是這樣充滿着青春的光榮，同十年前的你眞是一點差別也找不出。我想這十年裏你過的日子一定是很快樂的。對不對？」他對着我還是保持着那渺茫的微笑，過了一會，漠然地問道：「你這幾年怎麽樣呢？」我嘆口氣道，「別說了。許多的志願，無數的心期全在這幾年裏銷磨盡了。要着要維持生活，延長生命，整天忙着，因此却反失掉了生命的意義，多少想幹的事情始終不能實行，有時自己想到這種無聊賴的生活，這樣暗送去絕好的時光，心裏的確萬分難過。這幾年裏接二連三遇到不幸的事情，我是已經掙扎得累了。我近來的生活眞是滿佈着悲劇的情緒。」——青忽然興奮地插着說，「一個人能夠有悲劇的情緒，感到各種的悲哀，他就不能夠算做一個可憐人了。」他正要往下說，眼皮稍稍一抬，遲疑樣子，就停住不講，又鼓着嘴唇現出笑容了。青從前是最直爽痛快不過的人，尤其和我，是什麽話都談的，我們常常談到天亮，有時稍稍一睡，第二天課也不上，又唧唧噥噥談起來。談的是什麽，現在也記不清了，那個人能夠記得他睡在母親懷中時節所做的甜夢。所以我當時很不高興他這吞吞吐吐的神情，我說：「青，十年裏你到底學會些世故，所以對着我也是柳暗花明地只說半截話。小孩子的確有些長進。」青平常是最性急的人，現在對於我這句激他的話，却毫不在懷地一句不答，彷彿渺茫地一笑之後完事了。過了好久，他慢騰騰地說道：「講些給你聽聽玩，也不要緊，不講固然也是可以的。我們分手後，我不是轉到南方一個大學去嗎？大學畢業後，我同人們一樣，做些事情，喫喫飯，我過去的生活是很普通的，用不着細說。實在講起來，那個人生活不是很普通的呢？人們總是有時狂笑，有時流些淸淚，有時得意，有時失望，此外無非工作，娛樂，有家眷的回家看看小孩，獨自的空時找朋友談天。此外今天喜歡這個，明日或者還喜歡他，或者高興別人，今年有一兩人愛我們，明年他們也許仍然愛我們，也許愛了別人，或者他們死了，那就是不能再愛誰，再受誰的愛了。一代一代遞演下去，當時自己都覺得是宇宙的中心，後來他忘却了宇宙，宇宙也忘却他了。人們生活脫不了這些東西，在這些東西以外也沒有別的什麽。這些東西的紛紜錯雜就演出喜劇同悲劇，給人們快樂同悲哀。但是不幸得很（或者是僥倖得很，）我是個對于喜劇同悲劇全失掉了感覺性的人。這並不是因爲我麻木不仁了，不，我懂得人們一切的快樂同悲哀，但是我自己却失掉了快樂，也失掉了悲哀，因爲我是個失掉了價値觀念的人，人們一定要對於人生有個肯定以後，纔能夠有悲歡哀樂。不覺得活着有什麽好處的人，死對於他當然不是件哀傷的事；若使他對於死也沒有什麼愛慕，那麼死也不是什麼賞心的樂事，一個人活在世上總須有些目的，然後生活纔會有趣味，或者是甜味，或者是苦味；他的目的是終身的志願也好，是目前的享福也好，所謂高尚的或者所謂卑下的，總之他無論如何，他非是有些希冀，他的生活是不能夠有什麼色彩的。人們的目的是靠人們的價值觀念而定的。倘若他看不出什麼是好，什麼是壞，他什麼肯定也不能夠說了，他當然不能夠有任何目的，任何希冀了。」

他說到這裏，向我凄然冷笑一聲，我忽然覺得他那笑是有些像我想像中惡鬼的獰笑。他又接着說：「你記得嗎？當我們在大學預科時候，有一天晚上你在一本文學批評書上面碰到一句 Spenser 的詩——

He could not rest, but did his stout heart eat.

你不曉得怎麽解釋，跑來問我什麽叫做 to eat one's heart，我當時模糊地答道，就是喫自己的心。現在我可能告訴你什麽叫做「喫自己的心」了。把自己心裏各種愛好和厭惡的情感，一個一個用理智去懷疑，將無數的價値觀念，一條一條打破，這就等於把自己的心一口一口地咬爛嚼化，等到最後對於這個當劊子手的理智也起懷疑，那就是他整個心喫完了的時候，剩下來的只是一個玲瓏的空洞。他的心旣然喫進去，變做大便同小便，他怎地能夠感到人世的喜怒同哀樂呢？這就是 to eat one's heart。把自己心喫進去和心死是不同的。心死了，心還在胸內，不過不動就是了，然而人們還會覺得有重壓在身內，所以一切窮兇極惡的人對於生活還是有苦樂的反應。只有那班喫自己心的人是失掉了悲哀的。我聽說悲哀是最可愛的東西，只有對於生活有極強烈的胃口的人纔會墜涕泣血，滴滴的眼淚都是人生的甘露。若使生活不是可留戀的，值得我們一顧的，我們也用不着這麼哀悼生活的失敗了。所以在悲哀時候，我們暗暗地是讚美生活；惋惜生活，就是肯定生活的價值。有人說人生是夢，莎士比亞說世界是個舞台，人生像一幕戲。但是夢同戲都是人生中的一部分；他們只在人生中去尋一種東西來象徵人生，可見他們對於人生是多麼感到趣味，無法跳出圈外，在人生以外，找一個東西來做比喻，所以他們都是肯定人生的人。我却是不知道應該去肯定或者去否定，也不知道世界裏有什麼「應該」沒有。我懷疑一切價值的存在，我又不敢說價值觀念絕對是錯的。總之我失掉了一切行動的南針，我當然忘記了什麼叫做希望，我不會有遂意的事，也不會有失意的事，我早已沒有主意了。所以我總是這麼年青，我的心已經同我軀殼脫離關係，不至於來搗亂了。我失掉我的心，可是沒有地方去找，因爲是自己喫進去的。我記得在四年前我纔把我的心喫得乾淨，開始喫的時候很可口，去掉一個價值觀念，覺得人輕一點，後來心一部一部蠶食去，胸裏常覺空虛的難受，但是胃口又一天一天增強，喫得越快，弄得全喫掉了，最後一口是頂有味的。莎士比亞不是說過：Last taste is the sweetest。現在却沒有心喫了。哈！哈！哈！哈！」

他簡直放下那渺茫微笑的面具，老實地猙獰笑着。他的臉色青白，他的目光發亮。我臉上現出驚慌的顏色，他看見了立刻鎮靜下去，低聰地說：「王爾德在他那「牢獄歌」裏說過：「從來沒有流淚的人現在流淚了。」我却是從來愛流淚的人現在不流淚了。你還是好好保存你的悲哀，常常洒些愉快的淚，我實在不願意你也像我這樣失掉了悲哀，狠呑虎嚥地把自己的心喫得精光。哈！哈！我們今天會到很好，我能夠明白地囘答你十年前的一個英文疑句。我們喫飯去罷！」

我們同到一個館子，我似醉如癡地喫了一頓飯，青是不大說話，只講幾句很無聊的套語。我們走出館子時候，他給我他旅館的地址。我整夜沒有睡好，第二天清早就去找他，可是旅館裏帳房說並沒有這麼一個人。我以爲他或者用的不是眞姓名，我偸偸地到各間房間門口看一看，也找不出他的影子，我坐在旅館門口等了整天，注視來往的客人，也沒有見到青。我悵惘地慢步囘家，從此以後就沒有再遇到青了。他還是那麼年青嗎？我常有這麼一個疑問。我有時想，他或者是不會死的，老是活着，獰笑地活着，渺茫微笑地活着。

一九三〇年一月付排
一九三〇年三月初版

春膠集

每册實價七角

不准翻印

著者 梁遇春

發行處 北新書局 上海四馬路

分發行處
重慶天主堂街
南京花牌樓
北平琉璃廠
廣州永漢北路
開封新華北街
北新書局

散文

書名	版次	著者	實價
蘇曼殊全集（五冊）	三版	柳亞子編	實價五元
而已集	三版	魯迅著	實價六角
談虎集上下卷	三版	周作人著	實價一元八角
澤瀉集	三版	周作人著	實價五角
雨天的書	三版	周作人著	實價八角
永日集		周作人著	實價九角
古廟集		章衣萍著	實價六角
自己的園地	十一版	周作人著	實價八角
契訶夫隨筆		章衣萍譯	實價五角
枕上隨筆	二版	章衣萍著	實價三角
窗下隨筆	二版	章衣萍著	實價三角半
熱風	六版	魯迅著	實價四角
華蓋集	五版	魯迅著	實價六角
華蓋集續編	三版	魯迅著	實價八角
日記九種	六版	郁達夫著	實價七角半
落葉	三版	徐志摩著	實價六角
寄小讀者	八版	冰心女士著	實價八角
剪拂集	二版	林語堂著	實價五角
煙霞伴侶		學昭女士著	實價八角
斷片的回憶	三版	曙天女士著	實價二角
伏園遊記	二版	孫伏園著	實價四角
月夜	四版	川島著	實價三角

图书在版编目（CIP）数据

春醪集 / 梁遇春著. -- 天津：百花文艺出版社，2020.4(2022.4 重印)
(现代文学名著原版珍藏. 第三辑)
ISBN 978-7-5306-7834-3

Ⅰ. ①春… Ⅱ. ①梁… Ⅲ. ①散文集-中国-现代 Ⅳ. ①I266

中国版本图书馆 CIP 数据核字(2020)第 062804 号

春醪集
CHUNLAOJI
梁遇春 著

选题策划：唐冠群　　美术编辑：张振洪
责任编辑：赵　芳
出版发行：百花文艺出版社
地址：天津市和平区西康路 35 号　　邮编：300051
电话传真：+86-22-23332651（发行部）
+86-22-23332656（总编室）
+86-22-23332478（邮购部）
网址：http://www.baihuawenyi.com
印刷：宝蕾元仁浩（天津）印刷有限公司
开本：787×1092 毫米　1/32
字数：92 千字
印张：8.25
版次：2020 年 4 月第 1 版
印次：2022 年 4 月第 3 次印刷
定价：25.00元

如有印装质量问题，请与宝蕾元仁浩（天津）印刷有限公司联系调换
地址：天津市武清区大碱厂镇吉祥道10号
电话：(022)22183730　邮编：301706